Anja Siouda

Tuttifrutti

Humoristische Erzählungen
für jeden Geschmack

Anja Siouda

Tuttifrutti

Humoristische Erzählungen für jeden Geschmack

Bibliografische Information der Deutschen Nationalbibliothek: Die Deutsche Nationalbibliothek verzeichnet diese Publikation in der Deutschen Nationalbibliografie; detaillierte bibliografische Daten sind im Internet über dnb.dnb.de abrufbar.

Schweizer Rechtschreibung

Erstmals erschienen bei Pro Libro Luzern, Schweiz 2016
Neuauflage September 2019
Copyright © 2019 Anja Siouda
www.anjasiouda.com
Herstellung und Verlag: BoD – Books on Demand, Norderstedt

Cover: Ilyas Siouda
Layout: Anja Siouda
Cover-Foto: Yassin Siouda
ISBN: 9783749482450

Inhalt

Passionsfrüchte

Zankäpfel

Maulbeeren

Knacknüsse

Passionsfrüchte

José

Nichts und niemand währt ewig, sagte sich Isabella
wieder einmal und wischte sich eine Träne weg. Und doch
sah der Frühling jedes Jahr so unbekümmert und fröhlich
aus, wie wenn er das nicht wüsste. Es war schon Mitte Ap-
ril und in den Blumentöpfen auf ihrem Fenstersims regte
sich etwas. Das hatte sie eben gesehen: Ihre zwei letzten
teuren Samen, die ihr nach all den Jahren noch blieben –
alle anderen hatte sie zu einem umwerfenden Preis verkaufen können –, hatten angefangen zu keimen. Das freute
sie einerseits, wie jedes Jahr, aber andererseits wusste sie
immer noch nicht, wie sie die Pflänzlinge später auf dem
englischen Rasen des Altersheimparks setzen und sie dort
pflegen würde. Sie würde nicht nur Hilfe brauchen, sondern bestimmt auch eine Bewilligung. Diese Gedanken
verdarben ihr den Frühlingsmorgen, aber es kam auch
sonst hie und da vor, in ihrem hohen Alter, dass ihre
Laune kippte. Sie war nämlich 99 Jahre alt, im Kopf noch
ziemlich klar, aber auf den Beinen ziemlich schwach.
Ohne Rollator schaffte sie es nicht einmal mehr, sich in ihrem kleinen Zimmer im Altersheim zu bewegen, und von
einem Ausflug in ihren eigenen prächtigen Garten konnte
sie nur noch träumen. Ihr Haus war seit ihrem Eintritt
samt Umschwung verkauft worden, und mit dem Erlös
wurde ihr Aufenthalt im Heim finanziert. Aber immerhin,
sie war seit ihrem Eintritt in dieses Haus vor knapp einem
Jahr noch nicht auf der anderen Abteilung gelandet, auf
der Pflegeabteilung. Sie hatte auch nicht die geringste
Lust, ihr Zimmer zu wechseln. Es war ja nicht sicher, dass

sie auf der anderen Station, wo die Pflegefälle waren, ihr Zimmer genau gleich gestalten konnte, wie sie es liebte. In der anderen Abteilung gab es nämlich keine Einzelzimmer. Hier aber hatte sie niemand davon abgehalten, sämtliche Wände mit den Artikeln und Fotos von José und ihr zu tapezieren. Die Angestellten des Heims hatten ihr dabei sogar bereitwillig und auch mit einer Spur Bewunderung geholfen. Es gab kaum noch ein freies Fleckchen, ausser um den Fensterrahmen herum, und genau das gefiel ihr. José, flüsterte sie leise, und es schwang Liebe und Stolz in ihrer Stimme mit. José, der Name hatte so gut zu ihm gepasst, es lag eine Art Vollkommenheit in diesen zwei Silben, das fand sie auch heute noch. Sie strich über einen der leicht vergilbten Zeitungsartikel und schloss die Augen. Als er noch klein war, hatte sie ihn jeden Tag umarmt und gestreichelt. Später aber konnte sie es nicht mehr, er war eindeutig zu gross und zu dick geworden. Das aber hatte sie nie gestört an ihm, ganz im Gegenteil. Sie hatte sich enorm darüber gefreut, es war doch ein eindeutiger Beweis gewesen, dass sie besonders gut zu ihm geschaut und ihm immer genau die richtige Nahrung angeboten hatte. Isabella öffnete ihre Augen wieder und ging, gestützt auf ihren Rollator, zur gegenüberliegenden Wand. Dort hingen die beeindruckendsten Bilder von José und ihr: Er wog damals dreihundert Kilo und sie stand daneben, wie eine Mutter neben ihrem Kind, und hatte dabei ihren rechten Arm auf ihn gelegt. Sie lachte auf diesem Bild bis zu den Ohren. Es war ja auch der Tag der Preisverleihung und niemand anderer als sie hatte ihn gewonnen, den ersten Preis für ihren Riesenkürbis.

Lustvoll romantisches Familienleben

Wie schön ist doch dieses einfache Campingleben! Ferien sollten immer so sein: Kein kompliziertes Kochen, nur Sachen vom Grill und frische Salate! Kein Streit, nur Frieden und gute Laune und einen blutroten Sonnenuntergang über dem glitzernden See.

Sie beobachtet ihn in seinen Jeans und seinem enganliegenden schwarzen T-Shirt, das ihm so gut steht, während er mit den Jungs Fussball spielt. Er fängt ihren zärtlichen Blick auf und ruft lächelnd:

«Ich mag es, wenn du mich so anschaust!»

«Und ich mag es, wenn du so ausschaust», ruft sie zurück und bedauert augenblicklich, dass sie ihn abgelenkt hat. Der Schuss des jüngsten Sohnes ist kraftvoll und der Ball trifft des Vaters Nase.

«Verflucht», schreit er, reibt sich das Gesicht mit seinen Händen und sucht nach der Brille, die auf den Boden geschlagen wurde. Als die Nase des Vaters auch noch zu bluten anfängt, beginnt der erschreckte Junge zu weinen.

«Entschuldige, Papa, ich wollte dich nicht ...»

«Mach dir keine Sorgen, ich weiss, dass du deinen Vater nicht verletzten wolltest», sagt sie und fährt dem Jungen zärtlich durchs verschwitzte, struppige Haar.

«Was? Du kümmerst dich um den Verursacher des Unfalls und vernachlässigst das unschuldige Opfer?», ruft ihr Mann beinahe mit einem Anflug von Eifersucht in seiner Stimme.

«Aber natürlich kümmere ich mich um dich. Ich werde dir ein Taschentuch holen, Schatz!»

Bei ihrer Rückkehr ist er dabei, die Brille wieder gerade zu biegen.

«Du hast Glück gehabt, dass sie nicht kaputtgegangen ist», versucht sie ihn zu trösten, hält ihm ein Kleenex hin und fährt ihm mit den Fingern durchs Haar.

«Nein, *du* hast Glück, dass sie nicht kaputt ist, andernfalls hättest *du* uns morgen nachhause fahren müssen», betont er und wischt sich mit dem Papiertaschentuch das Blut vom Gesicht.

«Ok, *ich* habe Glück, dass mein lieber Gatte nicht aus Versehen von seinem kleinen *Zidane in spe* umgebracht worden ist», neckt sie ihn.

«Genau, ich bin wirklich grade dem Tode entronnen, aber du bist dazu verurteilt, für Linderung zu sorgen!», sagt er mit spielerisch drohender Stimme und einem Zwinkern in den Augen, während er versucht, ihre Hüften zu umfangen. Sie aber kreischt mit vorgetäuschter Angst und rennt davon. Er rennt ihr nach, fängt sie ein, und schliesslich rollen beide ins weiche Gras. Sie küsst ihn flüchtig und windet sich aus seinen Armen.

«Vergiss nicht, dass wir nicht allein sind. Die Kinder ...»

«Die Kinder, die Kinder, immer die Kinder!», murrt er genervt.

«Weisst du was, spiel den Fussballmatch fleissig weiter und schau zu, dass sie schön müde werden. Ich werde dir jetzt eine Tasse Kaffee machen, okay?»

Sie kehrt zum winzigen gemieteten Campingwagen zurück und beginnt den Kaffee zuzubereiten. Von draussen dringt das Gelächter der Jungen und ihres Ehemannes zu ihr. Er hat einen Stafettenlauf improvisiert für die Kinder und offenbar geraten die Jungs immer mehr ausser Atem. Nach einer Weile betreten die beiden den Campingwagen, verschwitzt, durstig und endlich erschöpft.

«Zeit für die Dusche», verkündet sie und schaut dabei auf ihre Uhr, die dreiundzwanzig Uhr anzeigt. Die Jungs sind zu müde, um zu protestieren, schnappen sich ihre Frottiertücher, Seife und Zahnbürsten und begeben sich zu den Waschräumen.

«Gut gemacht», sagt sie zu ihrem Mann, als sie die zwei Tassen Kaffee unters Vordach bringt und sich auf den Plastikstuhl neben ihm setzt. Da sie sich nicht in der Hochsaison befinden, ist der Campingplatz in ruhige Dunkelheit getaucht. Sie streichelt seinen Nacken liebevoll.

«Ich bin sicher, dass sie völlig fertig sind und sofort einschlafen werden.»

Er antwortet nichts, aber legt seine Hand auf ihren rechten Schenkel und streichelt ihn zart.

Nachdem die Jungs zurückgekommen und in ihrem winzigen Schlafraum verschwunden sind, schliessen sie sorgfältig die dünne Schiebetür, die den Wohnraum vom Schlafzimmer trennt, klappen die gepolsterte Eckbank und den Tisch zu einer geraden Fläche zusammen, legen die restlichen vorgesehenen Polsterkissen darauf und haben endlich ihr Doppelbett. Ein paar Minuten später hören sie ein leises Schnarchen aus dem Raum der Kinder.

Da einer der Vorhänge im Wohnzimmer fehlt, löschen sie das Licht aus, nachdem sie die Eingangstür abgeschlossen haben. Noch immer bekleidet legt er sich auf die Polstermatratze und zieht sie nah an sich. Sie presst sich mit Verlangen an ihn, knabbert an seinem Ohrläppchen und reibt ihr Gesicht an seiner rauen Wange, bis sie sich plötzlich versteift und vor Schmerz den Atem anhält.

«Was ist denn?», fragt er mit heiserer, überraschter Stimme.

«Beweg dich nicht! Beweg dich nicht, mein …», aber sie schafft es nicht, ihren Satz zu Ende zu sprechen und bekommt einen Lachanfall.

«Spinnst du? Hör auf, du wirst gleich die Kinder wecken», sagt er mit unterdrückter Stimme, aber sie kann nicht antworten, da es sie vor Lachen nur so schüttelt, während sie versucht, ihr Gesicht möglichst nahe an seiner Wange zu behalten.

«Mein Ohrring, er hat ...», jetzt wiehert sie noch lauter, «er hat sich mit ... mit deiner Brille verheddert.»

«Scheissbrille! Wäre sie doch vorhin kaputtgegangen!», schreit er, ohne auf den Schlaf der Kinder Rücksicht zu nehmen, und versucht möglichst vorsichtig, im Dunkeln ihren spiralförmigen Ohrring von seinem Brillengestell zu trennen. Endlich schafft er es, sie zu befreien, aber sie lacht immer noch Tränen.

«Hör doch auf, bitte!», sagt er beinahe verzweifelt, aber es ist zu spät.

«Mami, was ist denn so lustig?», fragt der Zwölfjährige hinter der dünnen Tür.

«Nichts ...», antwortet sie und versucht, ihr Lachen zu unterdrücken, aber sie prustet nur noch lauter los.

«Ruhe jetzt und geh zurück ins Bett!», schreit er wütend Richtung Schiebetür. Dann öffnet er die Eingangstür, geht hinaus und zündet sich eine Zigarette an. Sie schafft es schliesslich, sich endlich zu beruhigen und folgt ihm mit schmerzenden Bauchmuskeln, fühlt sich aber beinahe so entspannt, als hätten sie zu Ende gebracht, worauf sie aus waren.

«Es tut mir ja so leid, Schatz», sagt sie und umfängt seinen Rücken, «aber das war eben so unglaublich doof, dass ich es für den Rest meines Lebens nicht vergessen werde.»

«Ich werde diese ach so romantischen Ferien auch nie vergessen», brummt er völlig frustriert.

«Nächstes Jahr gehen wir in ein Hotel, okay?», versucht sie ihn zu trösten.

«Ja, mit zwei getrennten Zimmern mit Wänden wie ein Betonbunker und Schlaftabletten für die Kinder!»

Freundschaft

Sie hiess Dagmar und sie kam mit dem Schiff. Meistens jedenfalls, aber ab und zu kam sie auch mit dem Bus und mit dem Zug zur Schule. Ich war dreizehn Jahre alt damals und ich fand das toll, aber für sie war der Schulweg manchmal lang, vor allem am Abend, wenn sie wieder nachhause fuhr, in ihr kleines, sympathisches Touristendorf am Vierwaldstättersee. Wenn sie dort aus dem Schiff ausstieg, hatte sie noch einen kurzen Weg zu Fuss vor sich, bis sie wieder in einem Schiff zuhause war. Im Hotel Schiff, neben dem auch tatsächlich ein Schiff stand. Rechts von der Auffahrt, die zum Hotel hinaufführte, war es originellerweise direkt in den Hang hineingebaut und sass zwar in der Nähe vom See, aber ganz auf dem Trockenen. Das gemütliche Hotel gehörte ihren Eltern, und Dagmar und ihre Geschwister halfen im Betrieb fleissig mit. Dagmar aber konnte es besonders gut! Ich sah das jeweils, wenn ich hie und da zu Besuch bei ihr war, wobei ich übrigens auch Anjo kennenlernte, ihren Schwyzer Niederlaufhund, der per Zufall fast mein Namensvetter war und aufgrund seiner zu lang geratenen Beine von Jagd- auf Hotelhund umgesattelt hatte. Dagmar half immer viel beim Service und sie machte es stets mit einem liebenswerten Lächeln. Auch an den Stammtisch setzte sie sich, plauderte und scherzte charmant mit den Stammgästen. Sie konnte das super, im Gegensatz zu mir. Mein Humor brauchte jeweils etwas Zeit, um zu reifen, Schlagfertigkeit war nicht meine Stärke, dafür schrieb ich schon damals die besten Schulaufsätze. Zusammen machten wir Vorträge für die Schule, zum Beispiel über James Dean oder über die Honiggewinnung in Lateinamerika. Wir zogen uns dafür oftmals in einen Speisesaal im Hotel zurück, am Nachmittag, wenn er ganz leer war. Dort stand auch ein Klavier und Dagmar spielte hie und da darauf. «Pour Elise» war damals der absolute Hit, vor allem in der Soft-Romantik-Version von Richard Clayderman. Wir konnten das gut, einander von der Vorbereitung des Vortrags ablenken und über Gott und die Welt plaudern, bis es Abend wurde und ausnahmsweise ich den langen Weg auf dem Schiff vor mir hatte statt sie. Manchmal waren es um diese Tageszeit ganz kleine Schiffe und beim hohen Wellengang wurde mir fast übel, zumal ich meistens schon bei der Abfahrt das dicke Sandwich verzehrte, das mir Dagmar jeweils zubereitete, bevor ich gehen musste. Aus Anstand wehrte ich natürlich immer ab, nein, nein, sie solle sich doch nicht bemühen, aber ich liebte sie, diese riesigen Doppeldecker mit einer Schicht von mehreren Zentimetern Aufschnitt und reichlich Butter, die mir Dagmar in der Hotelküche schmierte. Es hatte auch immer alles auf Vorrat, was es dazu brauchte, in so einer professionellen Küche. Dagmar aber blieb trotzdem immer gertenschlank, im Gegensatz zu mir, wahrscheinlich weil sie so fleissig beim Servieren half und nicht so ein Stubenhocker war wie ich. Sie trank auch nicht ständig Milch zu den Mahlzeiten, wie ich es in der Schulkantine für gewöhnlich tat. Sie fand das immer kurios und diese Gewohnheit teilte sie wirklich nicht mit mir, obwohl wir grade beim Essen sehr viel miteinander teilten. Am Mittag assen wir ein einziges Menu zu zweit – es reichte uns und es kam auch billiger, das heisst, wir besserten uns damit indirekt auch ein bisschen unser Taschengeld auf, denn von den Eltern bekamen wir natürlich das Geld für ein ganzes Menü, nicht für ein halbes – auf dem gleichen

Tablett und zum Dessert gab's oft einen Mohrenkopf, damals nannte man ihn noch so, davon gab's dann einen pro Person. Wir höhlten ihn genüsslich aus: Mit dem dünnen weissen Plastikstäbchen fürs Rühren im Automatenkaffee holten wir die süsse, klebrige Eiweissmasse heraus, vielleicht ein bisschen wie die alten Ägypter den Mumien das Hirn durch die Nase herauszogen, wie wir im Geschichtsunterricht erfahren hatten. Dagmar konnte das, ohne dass die Schokolade in ihren Fingern zerlief. Mir gelang das nie, meine Finger versanken immer in der dünnen Schokoladewand. Etwas anderes genossen wir auch gerne zu zweit – den französischen Frischkäse Cantadou, den wir damals neu entdeckten und den man in der Stadt Luzern noch offen kaufen konnte. Mit einem frischem Brot und einer Schale Cantadou hockten wir uns jeweils an die Reuss oder an den See, brachen das Brot in kleine Stücke und tauchten es in die köstliche Masse. Andere Genüsse aber hielten wir geheim – nicht voreinander – aber vor den anderen. Wir schämten uns ein bisschen dafür und tauschten sie deshalb nur auf der Schultoilette aus, die Groschenromane, die wir eine Zeitlang lasen. In ein gelbes B5-Couvert steckten wir sie und reichten sie uns, nachdem wir unsere Zähne geputzt hatten, unter den Trennwänden der Toiletten durch, wo wir sie lachend in unseren Mappen verschwinden liessen. Für Freundschaften mit Jungs interessierten wir uns damals noch nicht, unsere Mädchenfreundschaft war abenteuerlich und erfüllend genug. So machten wir einmal eine mehrtägige Velotour, zusammen mit ein paar anderen Schulkolleginnen und -kollegen. In die Westschweiz ging's, von Moutier über Délémont und Saint-Ursanne nach Saignelégier, und ich erinnere mich noch gut daran, wie laut und unheimlich nachts jeweils die Kühe vor unseren Zelten schnauften und wie leise und glitschig uns die fetten Nacktschnecken über die Schlafsäcke krochen. Auch an Saignelégier erinnere ich mich, wo wir einmal ein Problem mit unserem Gaskocher hatten, als wir gerade beim Garen von Teigwaren waren. Das Gas war alle und wir schafften es nicht, eine neue Gaspatrone auf das Gerät zu schrauben. Wir gingen sogar zur Polizei, die uns dabei half, aber nachher waren die Eierteigwaren total zerkocht. Noch heute müssen wir lachen, wenn wir uns gegenseitig an die berühmt-berüchtigten «Eierhörnli» erinnern. Andere gemeinsame Erinnerungen haben wir an Wien. Bei diesem Städtetrip waren wir siebzehn Jahre alt und reisten mit dem «Wiener Walzer» ab Zürich in einer Nacht ganz alleine hin, nachdem wir vorher alles selber organsiert hatten. Ohne Internet. Wir kamen in einer einfachen Schweizer Pension im Stadtzentrum unter, teilten ein Doppelbett und eine ganz kuriose Kastendusche, die auf Füssen im Zimmer stand, wie ein Schrank mit Vorhang. Wie alle anderen Touristen bewunderten wir den eindrücklichen Stephansdom, stiegen auf den höchsten Turm hinauf, genossen die tolle Aussicht auf die Stadt und die Fiaker auf dem Platz darunter, besuchten das wunderschöne Schloss Schönbrunn mit seinem weitläufigen Park, dem Raub der schönen Helena und der schönen Quelle, wo uns eine steinalte Grossmutter das besondere Wasser kosten und den mit Zeitungsberichten von ihr selbst austapezierten Innenraum studieren liess. Auch die Hofburg mit der Hofreitschule und den Donauturm besuchten wir sowie das historische Museum, wo gerade die Ausstellung «Traum und Wirklichkeit» aktuell war. Natürlich begegneten wir auch Richard Strauss, Beethoven, Schubert und Mozart, Letzterem nicht nur aus Stein, sondern auch aus Schokolade und Marzipan. Tatsächlich hatten es uns – oder vielleicht vor allem mir – die leckeren, in Goldpapier eingepackten Mozartkugeln angetan. Überhaupt schmeckte uns das österreichische Essen allgemein, obwohl Knödel aller Art, panierte Brathähnchen und Kümmelbrot schon etwas gewöhnungsbedürftig waren. Enttäuscht waren wir hingegen vom Sacher-Hotel, wo uns die Garderobefrauen unsere Jacken beinahe entrissen und worauf wir dann geduldig lästerten – Dagmar mit ihrer Service-Erfahrung wusste ja immerhin einiges über den liebenswürdigen Umgang mit Gästen –, bis uns der berühmte Wiener Kaffee und die noch berühmtere Sachertorte serviert wurden. Beim Verlassen des Hotels, nachdem wir zwanzig Schilling hatten bezahlen müssen, um unsere Jacken zurückzubekommen, waren wir uns völlig einig, dass weder der Kaffee noch der Kuchen noch die Bedienung ihren Weltruhm verdienten. Richtig lustig hatten wir es hingegen wieder im Prater – wo wir ganz unterschiedlich dimensionierte Räder bestiegen: das Riesenrad mit seiner umwerfenden Aussicht und ein Gefährt mit vier Rädern, worauf wir fröhlich zwischen den Fressbuden und Verkaufsständen herumpedalten. Natürlich schleppte mich Dagmar damals auch in jede Kirche, der wir auf unseren Entdeckungsreisen quer durch die Stadt begegneten, sowie nach Grinzing, wo wir bei Wein, Brot und Käse einen gemütlichen Abend verbrachten. Auch einen Abstecher zu Europas grösstem unterirdischen See, im Bergwerk Seegrotte, machten wir noch, wo wir uns schwer beeindruckt und mit einem etwas mulmigen Gefühl auf den unterirdischen Wassern herumgondeln liessen. Als unsere Ferienwoche schliesslich um war, probierten wir auf der Heimfahrt von Wien nach Zürich bei einem Zwischenhalt in Salzburg zum krönenden Abschluss noch die «Salzburger Nockerln», ein Klassiker, der uns so leicht in Erinnerung blieb wie seine

Konsistenz. Nur zwei Jahre später dann, als ich Dagmar mit neunzehn Jahren, noch vor meiner Matura, meine bevorstehende Heirat ankündigte, sagte sie mir verständlicherweise: «Du spinnst!» Aber zur Heirat kam sie dann doch und lächelte auch ganz charmant als Trauzeugin auf dem Standesamt. Seither sind fast neunundzwanzig Jahre vergangen, ich bin immer noch glücklich verheiratet und sie hat es mir vierzehn Jahre nach meiner Heirat auch nachgemacht. Wir telefonieren ab und zu miteinander oder treffen uns hie und da, nicht sehr oft, denn wir leben in verschiedenen Ländern, aber wenn es dazu kommt, verstehen wir uns immer noch genauso gut wie früher.

Schlafzimmerdesserts

Sie haben noch nie von Schlafzimmerdesserts gehört? Nein? Haben Sie noch nie eines zubereitet oder genossen? Ich wette doch, Sie wissen, dass es sich hierbei nicht um einen Bienenstich, ein Wespennest, eine Eiterschnitte, ein Tiramisu, einen Windbeutel, einen kalten Hund, ein Schweinsöhrchen, einen Berliner, ein Diplomat, eine Schuhsohle, einen Prophetenkuchen, ein Nonnenfürzchen, eine Madeleine, eine Charlotte oder ein Japonais handelt. Schon eher um eine Götterspeise, eine Katzenzunge, einen Spitzbuben, einen Schoggikuss oder einen Liebesknochen. Wann schmecken sie *Ihnen* denn am besten, die Schlafzimmerdesserts? Im Dunkeln? Im Kerzenlicht? Bei sanfter Musik? Mit Softrock? Mit Hardrock? Mit Hip-Hop? Mit Tango? Mit Bolero? Mit Swing? Mit einer vorausgehenden Wellnessmassage? Nach einem warmen Bad? Nach einer gemeinsamen Dusche? Nach einem handfesten Streit? Bei Tag? Bei Nacht? Und welche Hauptzutaten brauchen Sie dazu? Liebe, Harmonie und Libido? Und eine Prise Ungestörtheit? Genau, eine der unerlässlichen Zutaten ist die Ungestörtheit, selbst wenn sie nur fünf Minuten dauert. Das kann reichen, notfalls, aber fünfzehn Minuten sind natürlich besser und mit einer halben Stunde wähnt man sich schon im Nirwana. Wer keinen Nachwuchs hat, kann sich solche Zeitnischen für endlose Tête-à-Têtes natürlich problemlos organisieren. Wie aber schafft man es beispielsweise als Elternpaar mit Kindern, das Dessert ganz alleine zu geniessen, ohne auf den Nachwuchs Rücksicht zu nehmen, obwohl man ja sonst mit dem guten Beispiel vorangehen und alles redlich teilen soll in der Familie? Vor allem wenn die Kinder noch ganz klein sind, ist der Genuss eines Schlafzimmerdesserts wirklich ein Marathon mit langen Durststrecken. Entweder man ist zu müde, muss fünfmal pro Nacht aufstehen, zweimal das Baby füttern und frisch ankleiden, das Kinderbett neu beziehen, ein Schlafliedchen singen oder dann, etwas später, ist man vielleicht ausnahmsweise ausgeruht, freut sich auf das Schäferstündchen zu zweit, wird aber schon beim ersten Bissen durch den Dreikäsehoch gestört, der wegen seinen Albträumen partout auch im sicheren Ehebett schlafen will. Sind die Kinder etwas älter, stehen die Chancen gut, dass man dem Genuss des Desserts einiges näher kommt, einem aber der Appetit abrupt vergeht, weil ein Sechsjähriger plötzlich neben dem Bett steht und fragt, was Mama und Papa denn eigentlich machen. Sind die Kinder endlich, endlich schulreif und lässt sich ein freier Tag unter der Woche einrichten, steht einem richtigen Schlafzimmerdessertbüffet nichts mehr im Wege! Man kann dann so richtig schwelgen und jede Krume auskosten, jedenfalls so lange, bis die Schwiegermutter, die im Untergeschoss wohnt, an die unverschlossene Wohnungstür klopft, sie – da ihr niemand aufmacht – sachte öffnet und voller Freude ruft: «Überraschung, meine Lieben! Ich habe gerade *Qalb el-Luz* für euch gemacht!» Warum aber soll man sich denn beklagen? In anderen Ländern geht es ganz anders zu und her. Grossfamilien leben auf engstem Raum, Schlafzimmerdesserts müssen in aller Eile auf dem Plumpsklo, auf einem unbequemen Autositz oder in der stinkenden Latrine verschlungen werden, wobei der Genuss bestimmt auf der Strecke bleibt. In Tokyo, wo es notorisch an Raum mangelt und Familien ebenfalls eng miteinander wohnen, gibt es sogar – wie in einer Dokumentarsendung zu sehen war –

eine Extra-Einrichtung für dessertgenussfreudige Paare: winzige Räume mit Doppelbett, die man für ein bis zwei Stunden mieten kann, sogar das passende Outfit wird zur Miete oder zum Kauf angeboten. Genau wie bei uns Badekleider und Frottiertücher im Hallenbad. Oder wie das Japonais zum Nachmittagskaffee im Tea-Room.

Die Traumrolle

Sie kann es auch diesmal, bei ihrem dritten Besuch, nicht glauben, aber der Arzt sieht aus wie ihr Lieblingsschauspieler: Colin Firth steht sozusagen in natura vor ihr. Charmante Wangengrübchen inbegriffen. Vielleicht ist er es ja, und er spielt einfach gerade die Rolle in einem kitschigen Arztroman, versucht sie sich zu überzeugen. Vielleicht ist es ja sie selbst, die ihm diese Rolle auf den Leib schreibt. Einen Moment lang ist sie völlig durcheinander. Der weisse Arztkittel steht ihm umwerfend und er ist genauso gross und schlank wie der attraktive Colin. Auch eine Brille trägt er, ganz wie ein Arzt aus dem Bilderbuch oder, besser gesagt, aus dem Groschenroman. Seine sehr leise Stimme, offenbar eine seiner Eigenarten, verwirrt sie allerdings, macht ihn aber nur umso interessanter. Kein Vergleich etwa mit einem zynischen, stockschwingenden Doktor House.

Im Wartezimmer begrüsst er sie extra, streckt ihr seine Hand hin, fragt, wie es geht, obwohl sie doch noch gar nicht an der Reihe ist. Sie schreckt auf von ihrem Stuhl, etwas geniert über so viel unerwartete Zuvorkommenheit. Sie gibt ihm die Hand, drückt sie leicht, lächelt, riecht sein Parfüm und setzt sich wieder. Während er sich an die alte Dame im Rollstuhl vis-à-vis von ihr wendet, studiert sie seine Schuhe, braun, Wildleder, mit einer unaufdringlichen kleinen Goldschnalle auf der Seite. Sie erforscht seine Hosenbeine, dann den locker offen getragenen weissen Kittel. Weiter nach oben traut sie sich nicht und senkt ihren Blick wieder. Seine Schuhe gefallen ihr, das weiche Wildleder wirkt schick und samtig zugleich und sie kann sie mit gesenktem Blick anstarren, solange sie will. Er unterhält sich weiter mit der alten Frau. Mit seiner unheimlich sanften, ruhigen Stimme. Himmel, wie er seine Rolle gut spielt, dieser Colin Firth. Er hat wirklich ein beeindruckendes schauspielerisches Repertoire und sie bereut ihre Wahl nicht. Mit professioneller Behutsamkeit fasst er der alten Dame nun an den dick geschwollenen Knöchel, der in einem grauen Strumpf steckt und auf dem Stuhl vor ihr hochgelagert ist. Sie habe Pech gehabt, erzählt sie, wegen den vielen Baustellen vor der Klinik sei sie auf dem Weg zu ihrer Halbjahreskontrolle bei ihm gerade eben total unglücklich gestürzt. Ein Pfleger habe ihr einen Rollstuhl besorgt und sie hierher gefahren. Der Arzt macht ein betroffenes Gesicht, empfiehlt ihr, sich doch am besten gleich zur Notfallabteilung stossen zu lassen, wo ihr Fuss sofort geröntgt werden könne. Die alte Dame nickt und der Arzt entschuldigt sich kurz bei ihr, die nun ihren Blick vom Wildleder reisst, er werde die Dame schnell auf die Notfallstation bringen. In fünf Minuten sei er wieder zurück. Sie nickt verständnisvoll. Hach, was für ein Freund und Helfer, dieser Colin, nimmt sich sogar persönlich seiner alten Patientin an und stösst sie auf eine Abteilung, wo er gar nicht arbeitet. Zehn Minuten verstreichen und er ist wieder zurück, zusammen mit seinem Parfüm. Er öffnet ihr nun die Tür zu seinem Praxisraum und bittet sie lächelnd hineinzugehen. Sie setzt sich auf einen der eleganten Stühle vor seinem mächtigen, dunklen Schreibtisch, während er sein klingelndes Handy zur Hand nimmt und antwortet. Sie schaut demonstrativ nach links, um ihn beim Telefonieren nicht zu stören. Sein Büro hat eine beeindruckende Glasfront, die den Blick auf die neuste Baustelle gegenüber freigibt. Den verschneiten Jura sieht man auch noch ein bisschen. Sie lässt ihren Blick nun doch sachte zu ihm hinübergleiten. Er telefoniert immer noch, versucht aber das Gespräch abzukürzen, das hört sie mit, ob sie will oder nicht. Hinter ihm steht ein riesiges Gestell voller Bücher mit goldenen Lettern und kostbaren Einbänden. Zuvorderst steht *Kidney*. Er notiert etwas und es fällt ihr sofort auf, dass er Linkshänder ist. Er umfasst den Kugelschreiber nämlich so seltsam wie Barack Obama. Den Kopf hält er leicht vornübergebeugt, seine Augen sieht sie nicht, aber sie weiss ja schon längst, welche Farbe sie haben: Wildlederbraun. Sein leicht gewelltes, nach hinten gekämmtes Haar ist ebenfalls braun. Sie gefallen ihr, diese Wellen im Haar. Sie wirken dynamisch und voller verhaltenem Temperament. Zwei herzige Kinder hat er offenbar auch, die hatte sie doch gar nicht eingeplant, aber sie sieht sie auf den gerahmten Fotos neben ihm. Sie sind noch klein, aber vielleicht sind die Fotos schon ein paar Jahre alt. Wie wohl seine Frau ausschaut? Wenn er Kinder hat, muss er ja auch eine Frau haben. Sie sucht vergeblich nach einem Foto von ihr. Wie es sich wohl lebt mit einem Arzt? Wie kommt er am Abend nachhause? Völlig geschlaucht? Hat er dann noch Zeit für seine Frau und seine herzigen Sprösslinge? Und seine leise Stimme, wird die nie laut mit seinen Kindern? Endlich beendet er sein Telefongespräch, blickt zu ihr auf und entschuldigt sich schon wieder für die Störung. Nun nimmt er ein Blatt zur Hand, und von Weitem erkennt sie das Logo des Labors darauf. Die Analysen hätten nichts Besonderes mehr ergeben, erklärt er ihr so leise, dass sie ein zweites Mal fragen und sich nun selber auch leicht vorbeugen muss. Sie sei also völlig gesund und brauche sich keine Sorgen zu machen, ergänzt er lächelnd, steht auf und reicht ihr bereits die Hand zum Abschied. Sie drückt sie, lächelt zurück, ohne sich ihre Enttäuschung anmerken zu lassen, und geht zur Tür, die er ihr galant

27

aufhält. Nein, so kann das nicht enden, denkt sie noch. Das ist ihr zu wenig dramatisch, und die ganze Wartezimmerromantik war ja völlig für die Katz. Sie müsste sich etwas Besseres einfallen lassen, aber was denn? Da hört sie es schon wieder klingeln, sein Telefon, langsam geht ihr das auf den Wecker, denn diesmal wird es sogar immer lauter und richtig unangenehm. Nur raus hier, fährt es ihr plötzlich durch den Kopf, und endlich erwacht sie und bringt den nervtötenden Wecker zum Verstummen.

Das erste Mal

Er hat ein nettes Lächeln, denkt sie, geradezu einladend. Selbstvertrauen strahlt er auch aus. Klar, ein Mann in diesem Alter hat gewiss jede Menge Erfahrung. Übrigens ist sie ja genau deshalb zu ihm gekommen, weil eine ihrer Freundinnen ihn ihr empfohlen hatte. Sie hatte lange darüber nachgedacht und sich schliesslich dazu aufgerafft, ihn anzurufen, und nun ist sie hier mit ihm und teilt diese erzwungene, künstliche Intimität mit jemandem, der ihr gefällt, aber den sie nicht kennt.

«Alles in Ordnung?», fragt er sie und blickt ihr in die Augen.

Sie fühlt sich eingeschüchtert, schaut auf ihre Hände hinunter, die nervös am Saum ihres T-Shirts kneten, und antwortet mit unsicherer Stimme.

«Ja, ja, alles bestens. Danke.»

Er ist ein einfühlender Typ, tätschelt ihre eiskalte Hand und stellt fest:

«Es ist also das erste Mal, nicht?»

«Ja, leider», sie schafft es gerade noch zu einer Antwort, obwohl sie beinahe von Gefühlen überwältigt wird, die sie vergeblich zu unterdrücken sucht.

«Sie brauchen keine Angst zu haben. Es gibt viele andere Frauen in Ihrem Alter, die auch ganz verzweifelt waren, die aber am Ende doch noch Spass daran bekamen. Atmen Sie einmal gut durch und entspannen Sie sich, bevor wir anfangen.»

Sie gehorcht seiner Stimme, die jetzt so beruhigend und sympathisch wirkt wie sein Lächeln, und schafft es, sich allmählich zu beruhigen.

«Darf ich Sie fragen, warum Sie es vorher noch nie ausprobiert haben?»

«Es gab keine Gelegenheit.»

«Wirklich? Nicht einmal mit einem Freund oder so?»

«Nein», antwortet sie einfach und ist sich gar nicht bewusst, wie neugierig er ist, denn durch das Plaudern mit ihm fühlt sie sich besser.

«Sind Sie verheiratet?»

«Ja.»

«Haben Sie es denn nicht einmal mit Ihrem Mann versucht?»

«Nein, das heisst, ja, doch, aber es war ein Albtraum. Ich möchte mich lieber nicht daran erinnern.»

«Hm, ja dann ist es nicht wirklich das erste Mal und Sie haben schon eine gewisse Erfahrung, nicht?» Er lächelt sie ermutigend an.

«Vielleicht, aber mit meinem Mann war es wirklich hart. Ich habe ihn dabei kaum wiedererkannt. Er wurde so ungeduldig, so unfreundlich … sogar aggressiv. Eigentlich gingen wir gar nicht weit, denn er sagte mir, ich mache ihn wahnsinnig, und wir hatten einen Riesenkrach. Da brach ich in Tränen aus, weil er eben die Erfahrung hatte, die mir fehlte, aber es war wirklich sinnlos. Seither wollte ich gar nicht mehr.»

«War er denn nicht auch enttäuscht?»

«Kann sein, aber für ihn ist das nicht wirklich ein Problem. Er hat ja diese Freiheit, kann es jederzeit und überall. So ist es bei mir nicht.»

«Machen Sie sich keine Sorgen. Sie werden sich genauso frei fühlen wie er, aber Sie müssen hart dranbleiben.»

«Ich werde es versuchen, mit Ihnen.»

«Also machen Sie es sich bequem und fangen Sie an. Kümmern Sie sich noch nicht um das, was unten ist. Legen Sie nur Ihre rechte Hand hierher», er führt ihre kalte Hand zum harten Knüppel zwischen ihnen. Sie geht langsam auf und ab, geführt von seiner eigenen, warmen Hand, während seine Füsse sich flink um den Rest kümmern.

«Machen Sie nur etwas schneller und herzhafter. Er wird schon nicht abbrechen», sagt er scherzend, und sie fühlt sich allmählich leichter und ertappt sich bei dem Gedanken, dass ihre erste richtige Fahrstunde eigentlich eine total aufregende Sache ist.

Fifty Shades of Blue

Es war Montagmorgen und Herr und Frau Azraq machten blau. Endlich hatten sie wieder einmal so richtig Zeit füreinander. Ein ganzer Tag lag vor ihnen, und es war ihnen danach, ihn gemeinsam bis zur blauen Stunde auszukosten. Die Vorhänge mit den aufgedruckten Kornblumen waren trotz azurnem Himmel diskret zugezogen, der hellblaue Radiator unter dem Fenster war vorsorglich schon eine halbe Stunde vorher etwas höher geschaltet worden, die Kerzen auf dem Nachttisch waren angezündet, aus dem flachen CD-Player erklang leiser Blues und ein türkisfarbenes Fläschchen Massageöl harrte auf dem Nachttisch links vom einladenden Ehebett mit den Bezügen aus nachtblauem Satin. Heute wollten sie einander endlich wieder einmal etwas Gutes tun und sich gegenseitig und vor allem völlig ungestört verwöhnen. Die Jungs waren in der Schule, deren Grosseltern waren gerade auf ihrem eigenen Kontinent statt wie üblich direkt unter ihrem Schlafzimmer, die Katze schmollte auf dem Paillasson vor der Haustür und die Hühner gackerten euphorisch über ihre frisch gelegten Eier. Die liebestötende Smartphone-Ära war noch nicht angebrochen und das Festnetztelefon würden sie allenfalls einfach klingeln lassen. Das Schlafzimmer hatte bereits die richtige Temperatur und Frau Azraq wollte ihren Mann und sich zuerst mit einer sanften Rückenmassage aufwärmen. Herr Azraq liess sich das sehr gerne gefallen, legte sich – natürlich im Adamskostüm – auf der linken Seite des Bettes bereitwillig auf den Bauch und Frau Azraq setzte sich, wie die Eva im Paradies – rittlings auf seinen nackten, knackigen Po, um mit ihren Händen fürs Erste seinen schmerzenden Nacken und seine breiten Schultern liebevoll zu massieren. Frau Azraq machte das gern, und es freute sie, wenn Herr Azraq zum Dank auch noch vor Wonne stöhnte. Sein kräftiger Nacken, seine immer noch schwarzen Haare und seine starken Schultern gefielen ihr genau wie am ersten Tag ihrer Begegnung, als sie beide noch blutjung gewesen waren. Für eine möglichst sanfte, aber natürlich auch körperübergreifende, allumfassende Massage langte sie nach dem leicht duftenden Massageöl, ein Geschenk ihres Vaters, der Naturkosmetik herstellte, und wollte eine kleine Menge davon auf den Rücken ihres Adams giessen. Leider hatte der Plastikaufsatz des Fläschchens aber ein sehr grosses Loch, und anstelle von ein paar Spritzern lief eine beträchtliche Menge heraus, die Frau Azraq mit den Händen schnell auf dem breiten Rücken verteilte. Herr Azraqs weiche, warme Haut war nun wirklich aalglatt, aber die Massage gelang ihr dafür umso besser. Nach einer kleinen Weile allerdings spürte sie einen Schmerz im rechten Fuss – sie befürchtete einen Krampf –, bewegte deshalb den Fuss etwas, blieb aber noch immer auf ihres Adams Po sitzen und massierte zärtlich weiter. Der Krampf verstärkte sich und Frau Azraq war gezwungen, die Position ihres rechten Beines zu verändern. So kniete sie einen Moment mit leicht gespreizten Beinen über ihrem Adam und stützte sich mit beiden Händen auf seinen Rücken, musste dann aber wegen des anhaltenden Krampfs das rechte Bein richtig aufstellen und anwinkeln, wobei sie sich mit ihren Händen an seinen Schultern festhalten wollte, um nicht das Gleichgewicht zu verlieren. Ihre öligen Hände aber fanden an seinen glitschigen Schultern keinen Halt, sie kippte mit einem Aufschrei nach links, fiel mit dem Rücken über die Bettkante und donnerte zuerst an den eisernen, inzwischen sogar heissen Radiator und dann aufs

Parkett, wobei ihr linkes Schienbein – sozusagen als Bonus – irgendwie noch über die Holzkante des Bettrahmens fuhr. Das Bein blutete und der Rücken tat ihr höllisch weh, aber die Tränen liefen ihr nun nicht nur vor lauter Schmerz, sondern auch vor lauter Lachen herunter. So etwas Dämliches war ihr in ihrem Leben noch nie passiert, und überhaupt gab es das wohl sonst nur in völlig idiotischen Slapstick-Komödien. Ihr Adam aber lachte nicht, sondern setzte sich bestürzt auf den Bettrand, während er ihr ein Papiertaschentuch zum Abtupfen des Blutes und seine Hand zum Aufstehen reichte, und fragte sie verdattert, wie das denn geschehen konnte. Frau Azraq aber war beinahe unfähig, es ihm zu erklären, da sie immer noch ein bisschen hysterisch lachen musste, obwohl sie wirklich grosse Schmerzen verspürte. Sie beruhigte sich schliesslich, legte das Taschentuch auf das blutende Schienbein, rieb sich den lädierten Rücken, der bereits blaue Flecken in diversen Schattierungen aufwies, wie ihr Herr Azraq bestätigte, und setzte sich erschöpft zu ihm aufs Bett. Da das Taschentuch am Schienbein klebte und es nicht mehr tropfte, bat sie ihren Adam, sich wieder hinzulegen, damit sie sich wenigstens noch eine Weile an seine Seite kuscheln konnte, bis der Schmerz ganz verebben würde. Herr Azraq legte sich also wieder hin – diesmal auf den Rücken –, Frau Azraq schmiegte sich in seine warme Schulterkuhle und zog die blaue Satindecke wie ein schützendes Dach über sie beide. Herr Azraq drückte sie zärtlich an sich, bis seine Eva geborgen einschlummerte und mit ihrem Adam im Traum eine wunderbare Fahrt ins Blaue machte und auf einer paradiesischen Wiese ohne Bettkanten und Radiatoren landete, wo als einziger Störenfried eine blaue Schlange herumschwänzelte.

Apfelwähenzärtlichkeit

Samstagnachmittag. Beide sitzen vis-à-vis am kleinen Küchentisch neben dem Fenster. Ihre Teller sind leer, in den Kaffeetassen hat's noch einen Schluck Kaffee. Die hausgemachte Apfelwähe hat super geschmeckt, wie immer. Jetzt haben sie Zeit zum Reden, aber als sie ihn nun anschaut, muss sie schmunzeln.

«Was ist?», fragt er gutgelaunt.

«Nichts», antwortet sie, pickt sich mit Daumen und Zeigefinger den Apfelwähebrösel aus seinem Schnauz und steckt ihn in ihren Mund. Er lacht mit strahlenden Augen. Sie lacht glucksend zurück und merkt, wie viel sie sich schon von ihren Hühnern abgeguckt hat.

Im Erotik-Ordner

Die originelle Idee fand Frau Aslan im Internet, genauer gesagt in einer Facebook-Gruppe. Jemand, der sich offiziell als Mann ausgab, hatte das Foto gepostet und sie schnappte sich das Bild inklusive Erklärungen sofort und speicherte es auf ihrem Desktop im Ordner «Erotisches». Ihr Mann sollte es nämlich nicht sehen. Noch nicht. An ihren Computer ging er zwar sowieso nie, schliesslich hatten sie beide je einen eigenen. Es kam ihm auch nie in den Sinn, in ihren Dateien herumzuschnüffeln, das wusste sie. In ihrer Ehe herrschte Vertrauen. Trotzdem aber versorgte sie das Foto in einem Ordner, damit es nicht einfach auf dem Desktop herumlag, falls ihr Mann ihr gerade einmal den Nacken küssen käme, wenn sie vor dem Bildschirm sass. Schliesslich wollte sie ihn damit überraschen. Sie wollte bis zum Wochenanfang warten, bis er bei der Arbeit wäre, dann würde sie den Ordner erst wieder aufmachen, sich das Foto ganz im Detail anschauen, sich die verschiedenen Etappen schon mal plastisch vorstellen und alles Nötige besorgen.

Es war eindeutig für Männer gedacht: Sie fanden es bestimmt sehr knusprig, was da auf dem Foto zu sehen war, und genau das wollte sie ihrem Gatten bieten. Vielleicht brauchte sie etwas Übung darin, sie würde es also schon einmal alleine ausprobieren und falls nötig noch ein Feedback bei einer Freundin einholen, bevor sie ihn damit überraschen würde. Eigentlich hatte sie ja abgesehen von drei Dingen alles zuhause, was es dafür brauchte. Eines davon war der Honig. Dieser war sogar ein Aphrodisiakum, ohne Zweifel. Denn warum würden die Flitterwochen auf Englisch sonst *honeymoon* und auf Französisch *lune de miel* heissen? Gleich zum Wochenbeginn besorgte sie also den Honig, eine extra teure Schweizer Biomarke. Das Hirschhornsalz fehlte ihr auch. Dessen Beschaffung war schon etwas komplizierter, denn nicht jede Apotheke führte es oder besorgte es ihr auf Bestellung. In Frankreich fand sie es schon gar nicht. Sie musste extra über die Grenze dafür und wurde bei ihrer Rückkehr zu ihrer Erleichterung nicht einmal von einem Zollhund beschnüffelt. Das eigentliche, traditionell aus den Geweihen der Hirsche hergestellte Hirschhornsalz gab es sowieso nicht mehr, heutzutage benutzte man einfach Ammoniumcarbonat, aber natürlich hatte das weisse Pulver, das einem den Atem verschlug, den genau gleichen Effekt: Es sorgte für Volumen. Ob es wohl in Afrika und Asien auch Nashornsalz gab, fragte sie sich plötzlich, und ob eigentlich ein Zusammenhang bestand zwischen der Bezeichnung «Gehörnter» und den Aphrodisiaken aus Tierhörnern? Wahrscheinlich eher nicht. Überhaupt kam ihr bei der spöttischen Bezeichnung «Gehörnter» eigentlich immer nur Moses mit seinen Gesetzestafeln in den Sinn, dem Michelangelo zwei mysteriöse Hörner aufgesetzt hatte. Sie hatte sie vor Jahrzehnten in der Kirche San Pietro in Vincoli in Rom auf einer Studienreise in natura gesehen. Mit Untreue hatten diese zwar auch zu tun, aber in einem völlig unerotischen Sinne: Sie waren auf eine ungetreue Übersetzung einer Bibelstelle vom Hebräischen ins Lateinische zurückzuführen. Aus Strahlen wurden an dieser Textstelle Hörner und Michelangelo hatte die Vulgata natürlich wörtlich genommen. Frau Aslan musste über sich selber lachen, als sie merkte, wohin ihre Gedanken sie wieder einmal geführt hatten. Ihre Assoziationen waren oftmals genauso unberechenbar wie ein Facebook-Thread, das wusste sie inzwischen aus Erfahrung. Wenn sie dort auf ihrem Profil nämlich ein Stichwort, eine Bemerkung oder eine Alltagserkenntnis postete, kam sie sich manchmal vor wie Goethes Zauberlehrling! Die Kommentarwelle ihrer Abonnenten war dann nicht mehr aufzuhalten. Sie rollte über ihr Profil hinweg wie ein Tsunami und schweifte in die unglaublichsten Themen ab. Manchmal blieb ihr nichts anderes mehr übrig, als ihr ganzes Statement inklusive ellenlangem Kommentarschwanz zu löschen, um die phantastische Flut der anderen einzudämmen. Ihre eigene Phantasie aber konnte sie natürlich nicht einfach per Mausklick abschalten. So beschloss sie, sich mit Konkreterem abzulenken, statt über die Etymologie von Gehörnten nachzudenken, und suchte im Internet nach einem inspirierenden virtuellen Reizwäschekatalog und nach dem *Gummi arabicum*, das ihr auch noch fehlte. Von diesem getrockneten Akaziensaft bestellte sie gleich einen grösseren Vorrat, mehrere weisse, extrem solide Plastikbehälter mit einem massiven blauen Deckel, per Expresslieferung. Das Gummi arabicum war nämlich unerlässlich für den perfekten Glanz und für das leicht klebrige Feeling auf den Zähnen und im Mund. Zwei Tage vor dem Wochenende hatte Frau Aslan alles beisammen, denn Mehl, Butter, Eier, Zucker, eine spezielle Gewürzmischung und etwas Lebensmittelfarbstoff hatte sie immer im Haus, und so begann sie beherzt mit dem Zubereiten der Masse. Eine Nacht lang musste diese im Kühlschrank ruhen, aber am folgenden Tag wallte Frau Aslan den Teig voller Elan fünf Millimeter dick aus und stach lauter Herzen aus, deren nach oben gekehrte Spitze sie fein säuberlich abschnitt. Die beiden höchst interessanten übrigbleibenden Rundungen waren zu ihrer Freude perfekt und hielten sich auch beim Backen. Noch heiss überpinselte Frau Aslan dann die etwa hundert nackten, braungebrannten Lebkuchenpopos mit im heissen Wasserbad aufgelöstem Gummi arabicum und kleidete sie, kaum waren sie ausgekühlt, mit den heissesten Tangas aus farbigem Zuckerguss.

Wo Gott Dame spielt

Wer mich kennt, weiss, dass mir jede Art des Missionierens ein Gräuel ist. Es soll mir bloss keiner kommen und behaupten, ich sei auf dem falschen Weg. Wäre ich es, möchte ich es nämlich selber entdecken! Es soll auch keiner behaupten, es gäbe eine Religion, die einer anderen überlegen sei oder gar ein von Gott ursprünglich auserwähltes Volk! Schliesslich führen alle Wege nach Rom, aber nicht unbedingt zum Vatikan! Meine Wege hingegen führen mich meistens direkt in die Natur, auf meinem Velo fliege ich nur so dahin, über die Genfer Landschaft nah der französischen Grenze. Und dann liegt sie mir zu Füssen, die ganze wunderbare Schöpfung! Das Paradies auf Erden, vom Alpha bis zum Omega! Zum Omega ganz besonders! Da sind nämlich nicht allzu weit vor meiner Haustür die betörenden blühenden Leinfelder mit ihren winzigen blauen Blüten, aus deren Samen später das hochwertige regionale Leinöl gewonnen wird, zu dem ich – zwar im Widerspruch zum ersten Satz oben, aber eben als unverkennbare Tochter eines ausgeprägten Gesundheitsapostels – wirklich die halbe Welt, zumindest aber sämtliche Familienmitglieder, Freunde, Bekannte und möglichst die gesamte Leserschaft und Facebook-Community bekehren möchte, weil es dank seiner ungesättigten Omega-3-Fettsäuren ein wahres und jedem Portemonnaie zugängliches Wundermittel der Natur ist, das zum Beispiel für gute Laune, geschmeidige Gelenke und ein freudig hüpfendes Herz sorgt. Dafür allerdings sorgt bei mir auch sonst jeder Ausflug ins Genfer Elysium – vor allem bei Sonnenschein und stahlblauem Himmel –, dieser prächtigen Landschaft gleich jenseits der französischen Landesgrenze: Die im Wind wogenden Gerstenfelder oberhalb des Dorfes Puplinge, die mich mit ihren zartgrünen Wellen immer so intensiv ans Meer erinnern, genau wie die grossen Laubbäume, die am Wegesrand rauschen! Und dann sind da die reifen Weizenfelder mit ihren vollkommenen Ähren, die im Sommer geheimnisvoll knistern, die Felder voller Sonnenblumen bei Meinier, die sich im Laufe des Tages unermüdlich nach der wandernden Sonne richten, die goldenen Rapsfelder mit ihrem unverwechselbaren Duft bei Gy, die Erbsenfelder mit ihrer verschlungenen, wuscheligen grünen Saat, die sich bei Presinge gen Himmel windet, und die Sojafelder mit ihren dicken runden Blättern, die sogar der ärgsten Trockenheit die Stirn bieten.

Dann gibt es aber in dieser idyllischen Landschaft natürlich auch eine vielseitige Fauna: das unscheinbare Rebhuhn, den todschicken Fasan und das still äsende Reh, den forschen Feldhasen, der im Maisfeld am Wegesrand hockt wie ausgestopft, den Grünspecht, der im Wald rhythmisch an die Bäume klopft, die Krähen, die sich auf die frisch gepflügten Schollen stürzen oder ihre Baumnüsse zum Öffnen der Schale vor mir auf den Asphalt werfen, der Milan, der über meinem Kopf nach Mäusen Ausschau hält und dabei den kleinen Maulwurf, der plötzlich vor mir über den Pfad torkelt, zum Glück nicht sieht, das Eichhörnchen, das mit seinem hellgrauen Bauch quer über die kleine Strasse flitzt, die faszinierenden, aber gefährlichen Prozessionsraupen, die bei ihrer waghalsigen Wanderschaft über den Kies marschieren, die verirrten Spaziergängerinnen mit Hund, die ihren irgendwo parkierten schwarzen Käfer nicht mehr finden, das forsche Wildschwein, das ich zwar selber nie gesehen, aber von dem mir eine Freundin erzählt hat, und dann, als besonders herausragenden Vertreter der Flora, den leuchtenden Mohn, zusammen mit den blauen Kornblumen, der wie ein Mauerblümchen am Strassenrand wächst und dabei verwegen alle Blicke auf sich zieht.

Eine einmalige Begegnung hatte ich eines Tages sogar mit einem Klassiker der französischen Literatur! Bei einer abendlichen Velofahrt sah ich nämlich zu meiner Verblüffung die Inszenierung von La Fontaines Fabel vom arroganten Raben und vom schlauen Fuchs genau vor mir! Nur der Camembert fehlte, den hätte ich allerdings gerne beigesteuert, wenn ich das Bild damit etwas länger hätte betrachten dürfen: Da hockte in der Gegend von Jussy mitten auf dem Feldsträsschen vor mir ein junger Fuchs, kratze sich und blickte gleichzeitig zu einem Raben, der genau vor ihm auf einem Pfosten sass. Die beiden schienen gerade in ein Zwiegespräch vertieft und nur mein Kommen störte sie dabei. Der Rabe sah mich zuerst und flog davon, der Fuchs reagierte nicht so schnell und ich erwischte ihn wenigstens noch mit dem Fotoapparat, hatte aber keine Zeit mehr, ihn heranzuzoomen. Und hopp, verschwand er im Feld zu seiner Rechten!

Eine halbe Minute nach der Begegnung mit den Figuren aus La Fontaines Fabel kam ich zu einer kleinen Schafherde, wo ein Lamm ganz jämmerlich blökte. Da sah ich, dass es erst gerade zur Welt gekommen war, die Mutter leckte es nämlich und half ihm beim Aufstehen, derweil die am Körper des Muttertiers herabhängende Nabelschnur noch gut sichtbar war. Zwei testosterongeladene Velorennfahrer jagten zur gleichen Zeit an mir vorbei, im Karacho natürlich und ohne einen

Blick auf das Wunder des Lebens zu werfen, das gerade wieder einmal geschehen war. Wenn man sich übrigens einmal Gedanken zum Wort «Karacho» macht, kann man sich auch gleich ausgiebig wundern. Laut Duden stammt das Wort etymologisch aus dem Spanischen, schreibt sich «carajo» und bedeutet in der Vulgärsprache Penis!

Eine andere unvergessliche Erinnerung habe ich, weitab von der Genfer Landschaft allerdings, bei einem Abstecher in mein heimatliches Luzern, an einen kleinen Bewohner des Parks vom Richard-Wagner-Museum. Ich spazierte in Begleitung meiner Mutter vom See her zum wenigstens von aussen seit Kindsbeinen an vertrauten Museum hinauf und genau unter einer grossen Pappel hörte ich ein seltsames Geräusch. Ich blieb stehen und horchte angestrengt. Es hörte sich an wie ein Reiben oder Raffeln! Und siehe da, über uns hockte, gut hinter dem Efeu versteckt, das den ganzen Baumstamm von unten her überwucherte, ein dunkles Eichhörnchen mit schwarzglänzenden Knopfaugen, das an irgendeiner Nuss nagte, sehr lange und sehr ausdauernd wohl schon, denn unter ihm hing das «Sägemehl» in all den Spinnweben, die über den ganzen Baumstamm und das Efeu verteilt hingen. Wahrscheinlich war dies sein absolutes Lieblingsessplätzchen! Und ich fand es ganz bezaubernd, ein Eichhörnchen beim fleissigen und bestimmt auch genüsslichen Nagen ertappt zu haben.

Oftmals muss ich mich an meinem jetzigen Wohnort wirklich nicht einmal aufs Velo schwingen, um mich an der paradiesischen Natur und den Geschenken der Schöpfung zu freuen. In meinem Garten liegt mir der Mikrokosmos zu Füssen. Ich wette, Sie haben noch nie das Zünglein einer kleinen Eidechse gesehen, die aus einer Wasserlache trinkt! Gerne hätte ich eine Lupe dabeigehabt, um auch noch den kecken Blick der Eidechse einzufangen. Oder haben Sie schon einmal in natura einer Mohnblume dabei zugeschaut, wie sie sich entfaltet? Da sah ich kürzlich eine neben meinen Salaten, die ihren roten «Hintern» bereits aus ihrer grünen Kappe herausstreckte. Der Anblick dieses knallroten Faltpakets erinnerte mich an die beim Hinauftransportieren vor dem Start perfekt zusammengelegten Gleitschirme der waghalsigen Sportler, die sich bei strahlendem Wetter jauchzend vom Salève stürzen. Einen Moment lang plauderte ich mit meinem lieben alten Nachbarn, der auf der anderen Seite des Zauns seinen grossen Garten bestellt, und als ich meine Plaudertasche wieder weggepackt hatte, hatte die Mohnblume ihre Kappe auch abgeschüttelt. Im Garten aber trifft man natürlich noch viele andere unverhoffte Schätze! Beim Umgraben für die neue Saat zum Beispiel eine kleine keimende Kartoffel vom Vorjahr, einen fünfzehn Zentimeter langen Regenwurm oder die halb durchsichtige Larve eines Rosenkäfers.

Und wenn ich mich nach dem Umgraben auf dem Liegestuhl nah der Gartenmauer ausruhe, habe ich neben mir den grossen Schmetterlingsbaum mit seinen geschwungenen grünen Blättern, samtweich und schön, wie auch seine hellvioletten langen Blüten, die so betörend duften, dass ich am liebsten auch ein Schmetterling wäre, allerdings nur dann, wenn meine Hühner nicht gerade zu dritt fliegende Insekten jagen, sondern ganz nah zu mir heran kommen, um mich und meinen Liegestuhl herumspazieren, mich sanft und erstaunt glucksend angucken und sich schliesslich unter den Schmetterlingsbaum anmutig in den Schatten setzen. Genau in dem Moment lässt eine kleine Frühlingsbrise oftmals Blütenblätter vom blühenden Kirschbaum auf mich und meine Hennen herabrieseln. Ich liebe es, vom Blütenschnee berieselt zu werden! Die kleinen weissen, zarten Blütenkonfetti liegen überall, auf meinem Gesicht, in meinem Haar, auf dem Gefieder der Hühner, im Gras, auf der Terrasse. Sie sind federleicht und biologisch abbaubar, genau wie die Holunderblüten im Juni. Wenn man die Äste des Holunderbaums leicht berührt, regnet es Sterne herab! Winzige, kleine weisse Sternchen. Tausende! Unheimlich schön und unvergleichlich zart. Auf der Bodenplatte vor dem Gartenhaus liegt dann jeweils das Universum zu meinen Füssen. Verschwenderisch, ja launisch hingestreut. Etwas Ähnliches passiert auch im Wald, dort aber fallen die Sterne nicht von den Bäumen, sondern sie wachsen direkt aus dem Boden, all diese sternförmigen weissen Blümchen, am Wegesrand, gruppiert oder auch übers flache Unterholz verstreut, so weit das Auge reicht. Märchenhaft! Im Wald von Jussy stosse ich manchmal auch auf riesige Holzbeigen, perfekt aufgeschichtet und mit angeschnittenen Baumstammflächen, die mir in der Abendsonne orange entgegenleuchten. Nicht weit vom Wald entfernt gibt es auch diesen besonderen Flecken mit dem chinesischen Schilf, über zwei Meter hoch, das ein leises Geräusch macht, wenn sich die langen Halme im Winde wiegen. Die Halmspitzen bringen mich immer zum Lachen, weil sie aussehen wie Miniatur-Staubwedel aus Straussenfedern, etwa solche, wie sie meine Grossmutter in den 70er- und 80er-Jahren bei reichen Leuten in Luzern zum Abstauben benutzen musste. Die Schilfwedel aber staken direkt in den blauen Himmel hinein, und wenn sie sich in der Bise hin- und herbewegen, bringen sie sogar die Kerosenstreifen zum Verblassen.

Zum Faszinierenden auf meinen Velofahrten gehören auch diese tollen Strohrollen im Sommer, die man in meiner Kindheit in der Schweiz gar nicht zu Gesicht bekam, die allerersten sah ich nämlich erst mit achtzehn Jahren auf meiner Reise in den Norden Frankreichs, wozu ich und die französischbegeisterte Jugend aus aller Welt von einem internationalen Wohltätigkeitsclub für kulturelle Gratisferien eingeladen worden waren. Dort sah ich sie wirklich zum ersten Mal, auf immensen Feldern, die zu riesigen Landwirtschaftsbetrieben gehörten, und sie imponierten mir schon damals.

Jetzt aber, dreissig Jahre danach, habe ich bei diesem Feld mit den Strohrollen immer das Gefühl, auf einem grossen Brett zu stehen, auf dem Spielbrett Gottes nämlich, der angesichts des Zustands der Welt, die er einst geordnet hat, Scheuklappen trägt und mit all diesen Rollen auf dem goldenen Strohfeld unbekümmert Dame spielt und dabei seine Spielsteine chaotisch durcheinanderwirft.

Im Pool mit Panoramablick

Die alte Dame, die Trix schon seit ein paar Jahren immer wieder im Pool antrifft, ist heute auch wieder hier. Die alte Dame spricht weder Französisch noch Deutsch, deshalb lächeln sie sich zur Begrüssung jeweils nur zu. Das Badevergnügen lässt sich natürlich auch sprachlos teilen. Trix schwimmt ihre Längen, in aller Ruhe, und schaut dabei aus wie eine Astronautin mit ihrer Riesenbrille. Aber ihr ist ihr Aussehen im Pool völlig egal, Hauptsache, sie hat unter Wasser ihren ungetrübten Panoramarundblick. Nur bei den verwaisten Hühneraugenpflastern und den wirren Haarknäueln muss sie hie und da ein Auge zudrücken, sonst aber schwimmt sie im Glück, jeden Morgen. Denn was anderes ist es als Wonne und Lust, dieser fast menschenleere Pool, dieses tüchtig gechlorte Wasser mit seiner fast unberührten Oberfläche, dieser azurne Himmel und dieser stahlblaue Blick des Bademeisters mit seinen braungebrannten, gestählten Waden gleich über ihr, morgens um viertel nach neun Uhr, gleich nachdem das Schwimmbad aufgegangen ist? Zugegeben, etwas frisch ist es noch, das Wasser, so um die achtzehn Grad, es ist schliesslich erst Mitte Mai, und Trix ist sogar erstaunt, dass die alte Dame mit den schlohweissen Haaren diese Temperaturen aushält. Sie war heute Morgen sogar schon vor ihr da. Etwas, das Trix sogar ein bisschen gegen den Strich geht. Also fünf Minuten nur, mehr nicht, denn das Schwimmbad geht um punkt neun Uhr auf und ein paar Minuten braucht jede Schwimmerin, um ins grosszügig dehnbare, vom Chlorwasser ausgeleierte und gebleichte Badekleid zu schlüpfen. Die alte Dame ist die kühlen Wassertemperaturen aber natürlich gewohnt, da sie auch täglich kommt, obwohl sie wahrscheinlich gar nicht richtig schwimmen kann. Sie hüpft meistens nur immer hin und her, quer über den Pool hin, nicht längs wie alle anderen. Eigentlich stört Trix dies sogar ein bisschen, denn sie muss beim Zurückschwimmen stets achtgeben, dass sie nicht genau im rechten Winkel auf die alte Dame trifft. In die Tiefe geht sie nämlich nicht, die alte Dame. Sie bleibt da, wo sie mit den Füssen noch den Grund berühren kann. Schlimm ist es aber nicht, sie zwei finden am Ende immer unversehrt aneinander vorbei. Heute jedoch verhält sich die alte Dame etwas anders. Sie hüpft nicht so stark wie sonst, sondern sie geht mit vor der Brust verschränkten Armen hin und her. Na, warum denn auch nicht? Soll die alte Dame doch tun und lassen, was ihr passt. Man muss ja nicht alles im gleichen Trott machen, auch das tägliche Fitnessprogramm im Wasser nicht. Vielleicht hält sie so ja besser ihr Gleichgewicht, denkt Trix und taucht unter. Doch fast hätte sie sich verschluckt. Einen Lachanfall unter Wasser zu unterdrücken ist nämlich ziemlich kompliziert. Trix versteht nun endlich, was Sache ist. Die alte Dame hat sehr wohl einen Grund, mit vor der Brust verschränkten Armen durchs Wasser zu gehen. *Unter* Wasser ist sie nämlich *oben ohne*. Sie ist sozusagen *unten oben ohne!* Die obere Partie ihres Badekleides hängt mit den offenen, breiten Trägern locker über ihrem Bauch. Na, Sie haben's ja faustdick hinter den Ohren, denkt Trix schmunzelnd. Höchstwahrscheinlich wird das Oben-ohne-Bräunen auf dem Schwimmbadrasen generationenübergreifend geduldet, aber im Wasser vielleicht dann doch nicht. Warum also will sie gerade im Wasser für ein schön braunes Dekolleté sorgen? Weil man im Wasser wegen der Reflexion des Sonnenlichts schneller braun wird? Für wen aber möchte sie denn so körperumgreifend braun sein, für ihren Mann? Für ihren Schatz? Für ihren Liebhaber? Oder will sie sich überhaupt erst einen angeln? Na, wie wär's mit dem knackigen Bademeister, fragt sich Trix, muss sich dabei das Lachen verbeissen und absolviert weiterhin brav ihre Längen. Genau vierzig müssen es sein, keine mehr und keine weniger. Oder auf jeden Fall keine weniger. Mehr wären zwar schon gut für sie, aber sie hat festgestellt, dass sie nach dreissig Minuten Schwimmen, das heisst nach genau einem Kilometer, im Wasser trotz Bewegung jeweils anfängt zu frieren. Und frierend und mit schlotternden Zähnen im Wasser zu sein, trübt das Glück trotz Sonnenschein und Bademeistercasanova dann doch erheblich. Die Rechtwinkelgefahr beim Zurückschwimmen zur alten Dame hingegen nimmt sie gelassen. Als eine weitere ältere Dame zu ihnen kommt, beginnen die beiden alten Frauen miteinander zu sprechen und zu lachen. Sie kennen sich offenbar. Trix bekommt nur Fetzen ihres Gesprächs mit, aber sie versteht sowieso nicht, was gesagt wird. Es klingt wie eine Sprache aus dem Osten. Sie muss raten. Ob es Russisch ist? Oder Polnisch? Oder Tschechisch? Tja, vielleicht ist es ja wirklich Tschechisch, sinniert Trix. Immerhin, in der Tschechei schien es sogar Oben-ohne-Bars zu geben, das hatte Trix kürzlich per Zufall im Internet gelesen. Offenbar diente dieses «Outfit» dazu, mehr Kunden in die Bars zu locken, den Alkoholkonsum anzukurbeln und somit natürlich den Griff zur Brieftasche, wenn nicht gar an die Brust, zu erleichtern. So etwas nannte sich dann tschechische Kneipenkultur. Agenturen vermittelten den interessierten Wirten jeweils Studentinnen mit Mindestkörbchengrösse B für sonst flaue Tage. Trix findet das schon ziemlich dekadent und ausserdem eine weitere Variante der Ausbeutung der

Frau. Aber ist sie selber denn nicht wieder einmal total ungerecht mit ihren ausschweifenden, ja zügellosen Gedanken? Erstens ist die alte Frau vielleicht gar keine Tschechin und zweitens ist sie bestimmt auch keine ehemalige, an Berufsdeformation oder -nostalgie leidende Oben-ohne-Kellnerin. Dies wäre ja sonst ein ganz unerhörter Zufall. Die alte Dame spricht immer noch mit der dritten Pool-Besucherin. Diese nickt gerade und steigt dann bereits wieder aus dem Wasser. Bestimmt ist es ihr zu kalt, wie den allermeisten ausser Trix und der Möglichkeitstschechin. Das Geniessen des menschenleeren Pools setzt natürlich voraus, dass man das kalte Wasser tapfer aushält und sich stark bewegt. Trix schwimmt noch ein paar Längen, während die alte Dame weiterhin im rechten Winkel zu ihr hin- und herwatet. Da kommt deren Bekannte plötzlich wieder und winkt dabei schon von Weitem mit ihrer geschlossenen rechten Hand, in der sie offenbar etwas hält. Sie steigt ins Wasser, stellt sich hinter die Querwaterin, die im Wasser in die Knie geht, bis nur noch ihre nackten Schultern und ihr Kopf aus dem Wasser ragen. Dann zieht sie mit ihren Händen die beiden breiten Träger ihres Badekleids, die die ganze Zeit über ihrem Bauch gehangen haben, bis über ihren Nacken hoch und – Trix schaut nun genau hin – ihre Bekannte verschliesst den defekten Nackenverschluss mit einer grossen Sicherheitsnadel.

Geistvolles zum Spiritus

Mit Alkohol habe ich kaum Erfahrung. Das Einzige, woran ich mich konkret erinnere, sind Eiercognac und Amaretto. Das waren Liköre, die ich tatsächlich gekostet habe und die ich früher mochte. Doch, da gab es auch noch die Zuger Kirschtorte, die mein Vater früher ab und zu nachhause brachte. Von dieser ausgesprochen grosszügig mit Kirsch getränkten und mit Puderschnee und Rautenmuster dekorierten, saftigen Torte in Zartrosa bekamen wir jeweils auch ein Stück, obwohl wir Kinder noch längst nicht erwachsen waren. Auch ein Kirschstängeli gab's natürlich ab und zu. Es ist aber nun sehr lange her, seit ich zum letzten Mal Alkohol zu mir genommen habe. Seit meiner Heirat trinke ich aus Solidarität mit meinem muslimischen Mann, aber tatsächlich auch aus Überzeugung keinen Alkohol. Immerhin verwenden wir für unser leckeres Fondue mit alkoholfreiem Apfelwein aber auch einen Spiritusbrenner. Nur fürs Raclette haben wir ein vollelektrisches Cheeseboard. An einen ganz bestimmten Alkoholgeruch kann ich mich aber noch besonders gut erinnern, denn die Dämpfe dieses Alkohols stiegen mir regelmässig und eigentlich eher angenehm in die Nase, als ich in der Primarschule war. Es hing damit zusammen, dass meine Mutter Katechetin war. An Unterrichtsmaterialien brauchte sie so allerhand, übrigens auch einmal in Spiritus aufbewahrte Föten in verschiedenen Grössen, als sie in ihren Klassen über das Leben und die Zeugung referierte. Diese äusserst anschaulichen und beeindruckenden Föten in ihren würfelförmigen, komplett durchsichtigen Plexiglasbehältern standen eine Zeitlang in Reih und

Glied auf unserem Büffet. So lange eben, wie meine Mutter sie in ihren verschiedenen Klassen brauchte, bis sie sie dann wieder an die Klinik zurückgab, bei welcher sie sie hatte ausleihen können. Diese Behälter waren natürlich luftdicht verschlossen und rochen nach nichts. Deshalb blieben sie mir allein in visueller Erinnerung. Meine Mutter brauchte aber auch sehr viele Unterrichtsblätter, und damals, in den siebziger Jahren, schickte man die Schüler noch nicht auf eine Seite im Internet, wo sie sich das nötige Material selber herunterladen und auf Wunsch zuhause selber ausdrucken konnten. Damals hatte man zuhause natürlich auch keinen eigenen Fotokopierer und erst recht keinen Computer und keinen entsprechenden Drucker. Damals, in den siebziger Jahren, schrieb man noch alles mit Schreibmaschine und falls man mehrere Kopien eines Textes brauchte, benötigte man zuerst eine Druckvorlage. Dafür klemmte man ein aus mehreren Schichten bestehendes Papier mit einer speziellen Folie, die wie ein Kohlepapier funktionierte, aber mit einem alkohollöslichen Wachs beschichtet war, in die Schreibmaschine, tippte seinen Text möglichst fehlerfrei ein – korrigieren war nicht möglich, das heisst, man konnte nur durchstreichen, denn auf dem Durchschlag sah man alles, was einmal getippt und somit in die spezielle Folie eingeprägt worden war. Tippex-Streifen halfen dabei nichts. Mit Tippex konnte man nur auf der Vorderseite des ersten Blattes Papier korrigieren, aber das war beim Anfertigen einer derartigen Druckvorlage sowieso sinnlos. Die fertige Druckvorlage, das heisst der Durchschlag, der sich auf der Rückseite des beschriebenen Papiers befand und somit die spiegelverkehrte Matrize darstellte, spannte man auf die Trommel der Umdruckmaschine, die übrigens auch Matrizendrucker, Blaudrucker oder gar *Spiritus*drucker genannt wurde! Bei uns zuhause hiess das schwere Ungetüm aus Metall aber einfach «Umdruckmaschine», einen anderen Namen kannten wir nicht. Und wie oft habe ich meiner Mutter beim Drehen der Trommel der Umdruckmaschine geholfen. Dabei musste man ständig Spiritus auf eine Art kleinen Teppich nachgiessen, ein saugfähiger Streifen aus beigem Vlies, über welches das zu bedruckende Papier dank der Trommel gezogen wurde. Die blauen Buchstaben der Matrize wurden bei diesem Vorgang durch den Spiritus leicht vom Original gelöst und auf ein neues Blatt übertragen, wobei es erst nach etwa hundert Abzügen problematisch wurde. Die gedruckten Buchstaben verblassten einfach immer mehr. Bei diesem ganzen Vorgang roch es sehr penetrant nach Spiritus, aber unangenehm war dieser Geruch nicht. Eigentlich mochte ich ihn, zum Trinken jedoch animierte er mich natürlich nicht. Vielleicht aber habe ich damals gleichzeitig die Buchstaben und den Esprit für geistreiches Texten eingesogen.

Zankäpfel

Grenzübergänge

Im Jahr 2001 hatte die Schweiz das Schengen-Abkommen noch nicht unterzeichnet. Als wir als Schweizer offiziell von der Schweiz nach Frankreich zogen, mussten wir uns deshalb als Nicht-EU-Bürger einem obligatorischen Tuberkulosetest unterziehen. Dieser fand im öffentlichen Spital statt, man wurde geröntgt und wartete danach drei Stunden zusammen mit vielen anderen Neuankömmlingen, die gleichzeitig wie wir das Aufgebot bekommen hatten und ebenfalls aus einem Land angereist waren, wo ein Risiko medizinischer Unterversorgung bestand, bis die Ärztin jeden einzelnen über die Resultate des Tests aufgeklärt hatte. Diese Ärztin ist uns immer in sehr positiver Erinnerung geblieben, weil sie trotz des Andrangs und des Murrens der Wartenden für jeden nicht nur ein warmherziges, strahlendes Lachen, sondern auch noch eine ehrliche Entschuldigung für das in ihren Augen mangelhaft organisierte Prozedere und die lange Warterei bereithielt. Es stellte sich dann zufällig heraus, dass wir gesund waren und keine weiteren medizinischen Untersuchungen nötig waren – abgesehen für den Fahrausweis. Da wir unseren Schweizer Fahrausweis nämlich gegen einen französischen umtauschen mussten, wurden wir etwas später von der Unterpräfektur vorgeladen, wo ein Arzt uns zwar nicht auf Herz und Nieren prüfte, aber immerhin unsere Augen, unsere Ohren und unsere Motorik testete – nur die Zähne mussten wir nicht zeigen. Auch diesen Test absolvierten wir erfolgreich und so stand unserer definitiven Niederlassung in Frankreich nichts mehr im Wege. Angefangen hatte unser Umzug von der Schweiz nach Frankreich allerdings viel komplizierter:

Es war Ende Januar und an unserem Umzugstag hatte bis zum Mittag alles bestens geklappt. Mein Mann und ich – ich bin die Tochter einer Zügelexpertin, wie Familienmitglieder und Freunde wissen – hatten den Umzug schon Wochen zuvor im Detail organisiert. Nicht nur das Datum für den Umzug und die Zügelmänner hatten wir reserviert, sondern auch den ganzen administrativen Papierkram hatten wir sehr ernsthaft erledigt, hatten dazu mehrmals mit der französischen Gemeindeverwaltung telefoniert und waren auch extra bei der dortigen Einwohnerkontrolle gewesen. Auch das mehrseitige Inventar unseres ganzen Hausrats erstellten wir äusserst sorgfältig, holten zuvor auch unzählige griffige Bananenschachteln in der Migros, packten alles gut ein, und am Umzugstag waren wir vollends überzeugt, sowohl logistisch wie administrativ alles ganz richtig vorbereitet zu haben. Der eigentliche Umzug morgens um sieben Uhr verlief wie am Schnürchen, vor allem auch dank des Zügelliftes, den die Zügelmänner zu unserem Balkon hochgefahren hatten. Die kleine Dreizimmerwohnung war schnell leergeräumt und schon bald sassen wir im Auto, hinter uns der Zügelwagen, auf der Autobahn Richtung Genf. Vor der Stadt machten wir noch kurz Halt an einer Tankstelle und tranken einen Kaffee zusammen mit den drei starken Männern. Inzwischen hatte es leicht zu regnen angefangen, aber das war uns völlig egal. Frankreich und unser kleines, einfaches Traumhaus, das wir drei Monate zuvor in einem desolaten Zustand gefunden, gekauft, bereits leicht renoviert und schon total ins Herz geschlossen hatten, waren nun ganz nah! Wir sahen im

Geiste schon unsere eigenen Kinder zusammen mit Hühnern und Katzen im Garten herumspringen und Riesenkürbisse gen Himmel und Kartoffelknollen zum Erdkern hin wachsen. Wir waren zwar etwas nervös, aber die Vorfreude half uns über unsere Angespanntheit hinweg. Um viertel vor zwölf Uhr erreichten wir die Grenzkontrolle in Vallard. Dort hielt der Umzugstransporter und wir parkierten unser Auto. Es regnete nun in Strömen, aber wir packten den Regenschirm und unser kostbares, dickes Umzugsdossier und begaben uns zum Zollbüro. Die Zollbeamten empfingen uns sehr freundlich, studierten unser Dossier ausführlich und sagten dann stirnrunzelnd:

«Ihnen fehlt ein Papier.»

Wir erstarrten. Nein, das sei unmöglich, wir hätten uns aufs Genauste informiert bei der Gemeinde und wir hätten alles dabei, was es brauche.

«Nein, hier haben Sie nur die Empfangsbescheinigung des entsprechenden Papiers der Einwohnerkontrolle, und die reicht nicht. Sie müssen aber das eigentliche Dokument von der Präfektur in Annecy vorweisen können.»

Uns verschlug es fast die Sprache.

«Aber auf der Gemeinde hat man uns gesagt, die Empfangsbescheinigung sei für den Umzug völlig ausreichend.»

«Dann hat man Sie falsch informiert. Ohne das entsprechende Dokument können wir Sie die Grenze nicht überqueren lassen, tut uns leid.»

Das Bedauern der Zollbeamten klang echt. Draussen hielt die Sintflut an und wir standen da wie begossene Pudel. Es war fünf vor zwölf.

«Wir könnten eventuell bei der Präfektur anfragen, ob sie Ihnen das Papier per Fax hierherschicken», schlug der Zollbeamte schliesslich vor und blickte auf seine Uhr.

«Wenn die Präfektur das Dokument bereithat und mit dem Faxen einverstanden ist, können Sie über die Grenze.»

Unsere Mienen heiterten sich ein bisschen auf. Es bestand also noch ein Quäntchen Hoffnung. «Allerdings haben die nun Mittagspause bis vierzehn Uhr. Sie müssen also bis dann warten.» Wir schluckten leer, bedankten uns aber für die Zuvorkommenheit der Beamten und kehrten zu unserem Auto zurück.

Es bestand Hoffnung, wiederholten wir uns wie ein Mantra, aber der Zügelverantwortliche sah das anders. Er war stocksauer, weil wir mit den verlorenen zwei Stunden auf jeden Fall seine ganze Planung durcheinanderbrachten, da er später am Tag noch einen Steinway-Flügel zu transportieren hatte. Hatte er uns nicht extra mehrmals gefragt, ob wir auch wirklich alle nötigen Dokumente hätten? Hatte er nicht? Doch, das hatte er, aber auf der Gemeinde hätten sie uns nicht die korrekte Auskunft gegeben, entgegneten wir kleinlaut und setzten uns ins Auto. Der Zügelunternehmer stieg wutschnaubend in die Fahrerkabine seines Transporters, wo seine zwei Mitarbeiter rauchend im Trockenen sassen und nur ungläubig den Kopf schüttelten.

Was ging uns damals nicht alles durch den Kopf! Zwei Stunden sassen wir im strömenden Regen im Auto, zu essen hatten wir nichts, aber das Wiederkäuen unserer Gedanken liess uns unseren Hunger sowieso vergessen. Würde es klappen oder nicht? Würden sie uns den Fax von Annecy herschicken? Aber wenn das Dokument nicht bereit war oder wenn sie keine Lust hatten, es extra zu faxen? Was dann? Müssten wir wieder umkehren mit dem Lastwagen und unserem ganzen Hausrat? Müssten wir die Möbel irgendwo notfallmässig einstellen lassen und einen neuen Umzugstermin organisieren? Und wo würden wir wohnen? Die alte Wohnung war leer und musste drei Tage später gereinigt an die neuen Mieter abgegeben werden. Was für ein Glück, dass wir die Kinder nicht dabeihatten, sie waren immerhin bei den Grosseltern in ihrer winzigen Wohnung in Frankreich untergebracht. Aber all unser Hab und Gut war im Lastwagen. Auch unsere Kleider, wir hatten nicht einmal eine Windel oder einen frischen Slip zur Hand. Wir seufzten, hofften und schickten Stossgebete gen Himmel. Bitte, bitte lieber Gott, sie sollen uns den Fax schicken!

Der Regen trommelte weiter aufs Autodach. Viel los war nicht am Zoll an diesem Tag. Auf die leeren Parkplätze prasselte der Regen gleichgültig hernieder und bildete grosse Wasserblasen, die schnell platzten. Sollte unser Frankreichtraum auch einfach so platzen? Würden wir es überhaupt je über die Grenze schaffen? Unsere Phantasien wurden immer schwärzer, genauso wie der Himmel draussen. Und die Minuten schleppten sich endlos dahin. Wir schalteten das Radio ein, etwas Musik liess unsere Gedanken in die Ferne, in die Vergangenheit schweifen. Hatten wir nicht schon einmal Probleme an einer Grenze gehabt? Ja, das hatten wir. Damals, als junge verheiratete Studenten ohne Kinder, als wir eine Velotour um den Bodensee gemacht hatten. Damals hatten wir nur unser Zelt, Schlafsäcke, einen Gaskocher und ein paar Kleider dabeigehabt. Selbstverständlich waren unsere Ausweispapiere in Ordnung gewesen, aber mein Mann hatte damals einen ausländischen Pass. Als wir also von Konstanz her zurück in die Schweiz wollten, stiessen wir unsere Velos über die Grenze und präsentierten unsere Pässe. Mit meinem Schweizer Pass und meinem Aargauergesicht wurde ich durchgewinkt, mein Mann mit seinem Mittelmeerteint aber wurde aufgehalten. Man wollte ihn nicht durchlassen, sein Aufenthaltsrecht sei abgelaufen, sagte man mir auf Deutsch, als ich erstaunt zurückkam. Der Schweizer Zollbeamte sprach kein Französisch und mein Mann verstand kein Wort. Wir wussten aber beide, dass sein Aufenthaltsstatus in Ordnung war. Ich wies in seinem Pass auf den Stempel der Waadtländer Behörden hin, denn dort stand, dass die Aufenthaltsbewilligung ab dem eingetragenen Datum für die Dauer von drei Monaten gültig war. Die drei Monate waren noch längst nicht abgelaufen, aber der Zöllner hatte sich einfach auf das Datum gestützt. Er könne kein Französisch, er sei Appenzeller, erklärte er mir schliesslich entschuldigend und liess uns durch. Später schrieb ich sogar einen entrüsteten Leserbrief über den peinlichen Mangel an Sprachkenntnissen dieses Schweizer Zöllners, der in der Tageszeitung 24-Heures abgedruckt wurde. Wir waren also schon damals in unserem Recht gewesen, beim Zollübergang, und im Grunde waren wir es auch jetzt, an diesem Zoll in Vallard. Wir hatten die Angaben der französischen Gemeinde befolgt. Dass sie uns falsch informiert hatten, war nicht unser Fehler, aber das konnten wir natürlich hier und jetzt nicht beweisen. Wir warteten und warteten. Um dreizehn Uhr dreissig wurden wir richtig nervös. Noch eine halbe Stunde und die Entscheidung würde fallen. Um dreizehn Uhr fünfzig stiegen wir beklommen aus dem Auto und liefen zum Zollgebäude zurück. Dort warteten wir am Schalter. Um zwei Uhr starrten wir gebannt auf das Faxgerät. Plötzlich hörten und sahen wir, wie ein Papier ausgedruckt wurde. Einer der Zollbeamten griff danach und brachte es uns lächelnd. Wir waren ganz aus dem Häuschen und bedankten uns überschwänglich, während der Beamte unser

Dossier ergänzte und uns ein grünes Formular zum Unterzeichnen reichte und uns danach ein Doppel aushändigte. Wir hatten es geschafft! Wir durften über die Grenze! Wir lachten und küssten uns, hüpften aus dem Zollgebäude zu unserem Opel, wedelten aufgeregt mit dem grünen Formular und überbrachten dem Zügelunternehmer so die frohe Botschaft. Dieser aber knirschte nur verächtlich mit den Zähnen, stieg sofort in die Fahrerkabine und liess eilends den Motor anspringen. Wir setzten uns ebenfalls schnellstens ins Auto und fuhren voran, während uns die Zollbeamten lachend durchwinkten. Frankreich, wir kommen!, riefen wir übermütig und sangen ein arabisches Lied, denn die Marseillaise konnten wir noch nicht. Was strahlten wir nicht in unserem Auto, sogar der Regen hatte etwas nachgelassen, wir flogen mit unseren Gedanken nur so über die Grenze, unserem ersehnten kleinen Traumhaus mit Garten entgegen. Und es wartete auch tatsächlich schon ganz ungeduldig auf uns: Es klapperte nur so mit seinen roten Fensterläden, zwinkerte uns zu, lachte wie ein Maikäfer und öffnete uns Tür und Tor! Unsere Habseligkeiten waren schnell abgeladen. Dem Zügelunternehmer bezahlten wir die Extrastunden und seinen Angestellten drückten wir ein dickes Trinkgeld in die Hand, als ihr Chef es gerade nicht sah.

Seit diesem denkwürdigen Umzug sind Jahrzehnte verflossen und wir können uns immer noch sehr gut an dieses administrative Abenteuer erinnern. Inzwischen hat die Schweiz das Schengen-Abkommen längst unterzeichnet und eine Rückkehr nach Helvetien wäre wohl jetzt ziemlich einfach, aber wir denken gar nicht daran, obwohl die Kinder inzwischen flügge geworden sind. Wir wollen zusammen alt und schrumpelig werden,

händchenhaltend vor dem Haus sitzen und uns gegenseitig an alte Grenzübergangsanekdoten erinnern und mit o-
der ohne Zähne herzlich darüber lachen.

Die Friedenstauben

Frau Paloma gefielen sie, die Türkentauben im Garten, die täglich auf Besuch kamen. Sie hatten so etwas Feines, Elegantes mit ihrem dunklen Band um den zarten Hals, und das Gurren hatte stets etwas Vertrautes für Frau Paloma. Aber manchmal störten sie die Vögel auch, vor allem dann, wenn sie sich gleich frühmorgens scharenweise auf die Körner stürzten, die sie für ihre Hühner ins Gehege streute, bevor sie sie später in den Garten entliess. Das zwei Meter hohe Gehege war nämlich oben offen, und manchmal hatte Frau Paloma sogar den Eindruck, alle Vögel des Quartiers, nicht nur die Türkentauben, verpflegten sich auf ihre Kosten. Die Elstern, die im Lauf des Tages vorbeischauten, gingen sogar so weit, ihr die Eier aus dem Hühnerstall zu stehlen und sie ihr, ausgefressen, zuoberst auf dem Kirschbaum auf einer Astgabel zu deponieren oder sie voller Häme auf die Garageneinfahrt herunterzuwerfen. Die Elstern wurden wirklich nicht ohne Grund als diebisch bezeichnet, und kaum sah Frau Paloma sie in der Nähe des Hühnergeheges herumtrippeln, klatschte sie in die Hände, um sie zu verscheuchen. Die Tauben aber, obwohl sie sich an den Maiskörnern vergriffen, trugen eben in Frau Palomas Augen auch die Aura des Friedens, und so liess sie sie oftmals gewähren.

So war es auch eines schönen, lieblichen Sommertages, als die ganze Familie – Frau und Herr Paloma, ihre gemeinsamen zwei Kinder und deren Grosseltern väterlicherseits – draussen auf der einfachen Terrasse zum Essen versammelt war. Zwei grosse Truthahnschenkel waren im Ofen auf Gemüse geschmort und die Teller eben gefüllt worden. Alle freuten sich aufs leckere Essen, doch kaum hatte man zu Gabel und Messer gegriffen, tauchten zwei Türkentauben auf, setzten sich zuoberst aufs Hühnergehege und schielten nach den am Boden übriggelassenen Maiskörnern. Herr Paloma klatschte ungeduldig in die Hände, um sie zu verscheuchen, aber die Tauben stellten sich taub. So befahl er dem ältesten Sohn, er solle aufstehen und diese Schmarotzer verscheuchen.

«Lass ihn doch in Ruhe essen, das ist doch egal, wegen den paar Tauben», warf Frau Paloma ein, und sie meinte es ernst, aber Herr Paloma antwortete entrüstet:

«Nein, die Viecher haben hier nichts zu suchen, ich arbeite nicht für die Tauben.»

«Du übertreibst mal wieder!», seufzte sie. «Ich finde sie schön, die zwei mit ihren schlanken Hälsen!»

Der Zwölfjährige sass verwirrt da und regte sich nicht.

Das brachte seinen Vater, der gerade auf seinem Patriarchentrip war, vollends zur Weissglut. Er schnaubte wütend, griff nach seinem Teller mit der grosszügigen Portion Truthahnfleisch und Sommergemüse und schmiss ihn wie einen Frisbee Richtung Hühnergehege, worauf die Tauben flugs davonflatterten. Frau Paloma verschlug es einen Moment lang die Sprache und auch die Grosseltern und die Kinder sassen betreten da und machten keinen Mucks. Dann aber rief die Grossmutter vorwurfsvoll zum Ältesten: «Hättest du doch deinem Vater gehorcht!» Diesen Satz und diese Einmischung ihrer Schwiegermutter aber vertrug Frau Paloma überhaupt nicht. In blinder Wut und mit feministischem Kampfgeist stand sie vom Tisch auf, lief zum Teller, der erstaunlicherweise nicht nur ganz geblieben war, sondern sogar nicht einmal seinen Inhalt verloren hatte, ergriff ihn, lief damit zur Betonterrasse und donnerte ihn mit aller Kraft auf den Boden, sodass er zusammen mit dem Gemüse und dem Fleisch in Tausend

Stücke zerbrach. Nachdem dies vollbracht war, brach Frau Paloma in Tränen aus und ging eilends ins Haus. In der Küche angelangt schnäuzte sie sich erst einmal gehörig, griff dann zur Kehrschaufel und zum kleinen Besen, ging wieder hinaus und wischte die Scherben immer noch tränenblind zusammen, während die freilaufenden Hühner neugierig um sie herumspazierten und sich skrupellos um das Trutenfleisch und das gekochte Gemüse stritten, das Frau Paloma mit dem Verdienst von Herrn Paloma gekauft hatte. Am Tisch sagte immer noch keiner ein Wort, aber als Frau Paloma wieder ins Haus ging, folgte ihr ihr Mann stumm in die Küche, nahm sie in seine Arme und entschuldigte sich. Hierauf schniefte Frau Paloma noch ein bisschen, entschuldigte sich dann ebenfalls und küsste ihn versöhnlich. Appetit hatten sie aber keinen mehr und beschlossen, gleich zum Kaffee überzugehen. Als sie aber mit den vollen Tassen nach draussen kamen, waren nur noch die Kinder da, die in ihren Tellern herumstocherten, während ihre Grosseltern durch die Garage in ihr Zimmer im Untergeschoss gegangen waren. So entschuldigten sich Herr und Frau Paloma zuerst bei ihren Kindern für ihr Verhalten, die darauf auch wieder essen und lachen mochten, brachten die Tassen dann ins Untergeschoss zu den alten Leutchen und entschuldigten sich auch bei ihnen, während sie durch das offene Fenster die Tauben gurren hörten.

Der Einrolltisch

Wissen Sie, was ein *Einrolltisch* ist? Die Bezeichnung ist die wörtliche Rückübersetzung eines Wortes, das vom Deutschen ins Französische übersetzt wurde. *Table d'enroulement* las ich nämlich vor ein paar Jahren an einem ganz bestimmten öffentlichen Ort in der Deutschschweiz. *Table* steht für *Tisch*, *enroulement* für *Ein-* oder *Aufrollen*, aber auch für *Ummantelung* oder *Wicklung* eines Elektrokabels beispielsweise. Beim französischen Wort *table d'enroulement* höre ich in erster Linie das Wort *Rollen*. Was aber könnte man denn, insbesondere auf einem Tisch, *ein-rollen* ausser Kabeln oder Teppichen? Genau, in der Küche zum Beispiel kann man delikate Fischröllchen zubereiten: Schollenfilets, die man in Streifen schneidet und mithilfe von Holzstäbchen aufrollt und dann in einer Weissweinsauce garen lässt. Weiter gibt's da auch die sauren Rollmöpse, in Heringslappen eingerollte Gewürzgurken, oder die typisch deutschschweizerischen Fleischvögel: mit Hackfleisch, Speck und Brot bestrichene, aufgerollte und mit einem Zahnstocher fixierte Rindsplätzchen. Auch leckere süsse Rouladenteige kann man aufrollen, wenn das gebackene Biskuit weich genug ist und es dank der nötigen Fingerfertigkeit nicht zerbricht. Gekochte Lasagneblätter lassen sich mit einer Mascarpone-Ricotta-Knoblauch-Füllung bestreichen, aufrollen und dann als Cannelloni mit geriebenem Käse im Ofen gratinieren. Oder wenn man nicht selber kochen mag, geht man ins vietnamesische oder chinesische Restaurant, wo einem nach den Frühlingsrollen, die man mit den Händen gegessen hat, im Dampf erhitzte, mit Kölnischwasser getränkte, aufgerollte

Frottee-Servietten zur Handreinigung gereicht werden. Auch im japanischen Restaurant gibt es perfekt und äusserst sorgfältig angefertigte gerollte Erzeugnisse: Sushis, das heisst roher Fisch, der mithilfe einer kleinen Bambusmatte zusammen mit gekochtem Reis und etwas Essig auf einem hauchdünnen Algenblatt aufgerollt und später in mundgerechte Stücke geschnitten wird. Sogar in äthiopischen Restaurants kann man mit den typischen Injeras, einem gesäuerten, feuchten Fladenbrot aus Teffmehl, Gemüse und Fleisch einrollen und fein säuberlich zum Munde führen. Und da wir schon beim Essen sind, kommt mir auch gleich noch der französische Ausdruck *rouler quelqu'un dans la farine*, das heisst wörtlich *jemanden im Mehl rollen*, in den Sinn. Bildlich korrekt auf Deutsch übersetzt heisst dies: *jemanden übers Ohr hauen*.

Ja, vielleicht hätten Sie noch ganz andere Assoziationen?

Ich will nun aber nicht länger um den heissen Brei herumreden, sondern Ihnen endlich reinen Wein einschenken und verraten, wo ich diesem kuriosen *Einrolltisch*, also dem *table d'enroulement*, tatsächlich begegnet bin. Das Wort stand auf einem mehrsprachigen Schild bei den Umkleidekabinen eines sehr bekannten Erlebnisbads in der Deutschschweiz und wies ganz einfach auf den *Wickeltisch* hin. Dieser aber heisst auf gut Französisch *table à langer*, denn das Verb *langer* heisst *wickeln* und kommt von *lange*, dem Wort für *Windel*.

Auf meine Mail an das Erlebnisbad mit Hinweis auf den krassen Übersetzungsfehler folgte keine Reaktion. Vielleicht wurde dem falsch gewickelten Übersetzer inzwischen trotzdem ans Herz gelegt, bei Übersetzungen von der Mutter- in die Fremdsprache, was an sich schon der Berufsethik widerspricht, hie und da Google-Bilder beizuziehen, um zu überprüfen, ob Wort und Bild tatsächlich übereinstimmen, und vielleicht wurde das entsprechende Schild inzwischen stillschweigend korrigiert. Vielleicht aber hängt es immer noch dort, so ganz in der Tradition des *Français fédéral*. Wie dem auch sei, wenn ich jeweils an *table d'enroulement* denke, muss ich einfach ganz breit grinsen. Ich sehe sie nämlich stets vor mir, die eingerollten Babys, die ausschauen wie Riesengnocchi, überdimensionierte Engerlinge oder Rollmöpse!

Wacholder-Latwerge

Sie ist noch ganz jung, die Frau mit den glatten braunen Haaren und der hellen Kunstpelzjacke, die mir in der Coop im Bahnhof Luzern an diesem Nachmittag ein Glas entgegenstreckt und auf Englisch fragt, was denn das sei. Ich freue mich, meinem Helfersyndrom frönen und zugleich mal wieder ein bisschen Englisch trainieren zu können, denn mündlich beherrsche ich diese Sprache mangels Aufenthalt in einem englischsprachigen Land nur schlecht. Hier in der Coop in Luzern, meiner Heimatstadt, wo ich gerade für ein paar Tage auf Besuch bin, ist mir das nun aber völlig egal und die sympathische junge Frau, deren Muttersprache das Englische wohl auch nicht ist, obwohl sie es im Gegensatz zu mir sehr gut kann, hört mir aufmerksam und ohne ironisches Zucken der Mundwinkel zu, als ich antworte. Auf dem Glas mit dem silbrigen Deckel und dem dunklen Inhalt steht «Wacholder-Latwerge», ein Wort, das ich selber noch nie im Leben gesehen habe. Weder in der Coop noch in der Migros. Das Internet belehrt mich später aber eines Besseren, auch der grösste Detailhändler der Schweiz führt dieses Produkt. So etwas Exotisches, denke ich in jenem Moment aber noch, findet man wohl sonst eher im Reformhaus. Ich weiss auf jeden Fall, dass Wacholder eine Beere ist und dass man Latwerge sehr gut selber machen kann, aus frischen, noch ganz hellgrünen Tannensprösslingen, Wasser und Zucker beispielsweise, das mochte ich immer sehr, vor allem weil ich diesen Tannenhonig – so nannten wir diesen süssen, eingekochten Pflanzensaft – früher zusammen mit meinem Vater auf unserer Alp auf dem Brünig zubereitete und später auf dem Markt in Meiringen verkaufte. In der Coop allerdings wurden die Produkte meines Vaters nie verkauft und wahrscheinlich wurde man für alle Sorten von Latwerge in den Supermärkten der 80er-Jahre sowieso noch nicht fündig. Bei der jungen Dame will ich mich natürlich nicht gerade über meine Kindheitserinnerungen ergiessen, die hebe ich mir lieber für später, für meine Leserinnen und Leser auf, aber immerhin erkläre ich ihr, Wacholder sei eine Frucht, denn natürlich kommt mir das englische Wort für Beere nicht in den Sinn, geschweige denn für Wacholder.

Es sei wahrscheinlich eher eine leicht bittere Sache, was da im Glase sei, erkläre ich noch, denn ich habe eine vage Vermutung, dass Wacholder bitter ist. Erst viel später erinnere ich mich beim Nachdenken im Zug an den Wacholderschnaps, den meine Mutter zusammen mit ihrem zweiten Ehemann jeweils mit Schweppes als Gin Tonic trank, sobald sich beim Zubereiten des Essens die ersten verlockenden Düfte in der Wohnung verbreiteten. Auch an das französische Wort *genévrier* denke ich nun, und beim Nachschlagen später im Wörterbuch sehe ich, dass das englische Wort *junipers* etwas vom Französischen hat und zudem etymologisch vom lateinischen Wort *juniperus* abgeleitet wird, genau wie die mir völlig unbekannte deutsche Bezeichnung *Juniper*. Die junge Frau aber will von mir wissen, ob dieses Produkt typisch schweizerisch sei, denn genau danach suche sie! Da muss ich lachend verneinen, Wacholder-Latwerge kenne sicher nicht jeder Schweizer und ein jüngerer Mann, der inzwischen neben uns vor der Ovomaltine steht, mischt sich in unser Gespräch, ebenfalls auf Englisch – er kann es besser als ich, das höre ich sofort, aber dafür hat er nicht so viel Zeit wie ich, stelle ich nicht ohne Genugtuung fest

–, und empfiehlt ihr unser Nationalfrühstücksgetränk. Da kann ich ihm natürlich nur beipflichten und die junge Frau stellt das Wacholder-Latwerge-Glas ins Regal zurück und greift begeistert nach der Ovomaltine. Die sei auch wirklich ohne Zucker, es steht deutlich darauf, dafür sei sie mit Malz gesüsst, erkläre ich. Auch Kakao habe es drin und Vitamine. Das weiss ich sogar auswendig, aber beim Extra-Studieren der Inhaltsstoffe, was gerade noch knapp ohne Brille geht und mir erspart, mich gegenüber der jungen Frau als Greisin zu fühlen, sehe und übersetze ich den Inhaltsstoff Milchpulver auf Englisch – denn zu den drei wichtigsten Nationalsprachen Deutsch, Französisch und Italienisch, welche man in der Schweiz auf allen Verpackungen findet, gehört diese Sprache nun mal nicht, obwohl das Englische sogar zwischen Deutsch- und Westschweizern heutzutage oftmals die Hauptverständigungssprache ist.

Die junge Frau legt die orangene Ovomaltine-Büchse in ihren ebenfalls orangenen Einkaufskorb, wo schon ein kleines Brot, ein Stück frisch abgeschnittener Käse und ein grosser Becher Naturejoghurt liegen, und beginnt davon zu schwärmen, wie herrlich zum Beispiel das Brot hier bei uns sei und wie wunderschön diese Stadt Luzern. Sie sei nämlich Schwedin, habe aber bis vor Kurzem in London gelebt und gearbeitet, sich dort sogar eine Wohnung gekauft – und da habe der Arbeitgeber beschlossen, den Arbeitsort aus steuerlichen Gründen nach Luzern zu verlegen. Sie habe ihr Büro oberhalb der grossen Hotels, etwas in der Höhe, mit einem umwerfenden Blick auf den See. Ach, und wie liebenswürdig, hilfsbereit und nett die Menschen hier alle seien! Und wie extrem sauber alles sei. Und man werde von niemandem angerempelt. Ob es in Zürich zum Beispiel auch so schön sei? Das verneine ich natürlich kategorisch, denn obwohl ich dort geboren bin, war meine Heimatstadt immer Luzern. Hier bin ich grösstenteils aufgewachsen und zur Schule gegangen bis zur Matura, bewacht vom Pilatus, beschirmt vom Wasserturm und beschützt von der Museggmauer. Nicht ohne Grund spielt einer meiner Romane teilweise auch in Luzern, aber dies erzähle ich der jungen Schwedin selbstverständlich nicht, die Schleichwerbung ist nur für meine potentiellen Leserinnen und Leser gedacht, zumal es meine Romane bis anhin nur auf Deutsch gibt. Ich teile also ihre Luzern-Euphorie, denn tatsächlich finde ich, vor allem seit ich die Stadt vor neunundzwanzig Jahren verlassen habe, um in die Westschweiz und dann nach Frankreich zu ziehen, dass mir die Schönheiten Luzerns erst jetzt so richtig ins Auge springen. Ich bin vielleicht dreimal im Jahr hier und meistens berausche ich mich nicht nur an der wunderschönen Sicht auf die Berge und den See, sondern ich entdecke oftmals auch irgendein speziell schmuckes Detail an einem Haus, das ich in meiner Jugend nie bemerkt habe. Womöglich schärft sich der Blick mit dem Alter, obwohl man eine Brille zum Lesen braucht, für die Schönheiten, die einem täglich begegnen. Nun zieht die Schwedin noch ein Birnel-Fläschchen aus dem Regal, und Birnel kenne ich im Gegensatz zur Wacholder-Latwerge sehr gut, obwohl der unscheinbare Birnendicksaft keine Weltberühmtheit ist wie die Ovomaltine. Ich erkläre ihr gleich, das schmecke sehr gut auf Brot und sei einfach eingedickter Birnensaft, ein Naturprodukt in der Konsistenz von Honig. Die Schwedin lächelt und legt das kleine Fläschchen in ihren Einkaufskorb. Nun muss ich ihr natürlich auch noch vom Rivella erzählen, aber sie missversteht mich, da ich erklärend sage, es werde aus Milch gemacht, denn die Wörter für Molke oder Milchserum weiss ich bei

Gott nicht auf Englisch. Sie habe nun genug Produkte für ihr Frühstück, und ich beharre nicht weiter darauf, weil ich sehe, dass sie nun wohl doch langsam ein Regal weiter gehen möchte. Ich widerstehe gerade noch knapp der Versuchung, mich als Dolmetscherin für den ganzen Lebensmittelladen anzubieten, mich spontan bei ihr einzuhängen und sie wie eine Blinde durch die Regale zu führen. Wir verabschieden uns lachend, sie bedankt sich sehr für meine Hilfe und ich begebe mich selber mit meiner Pet-Flasche voller heimischem, gesunden Valserwasser zur Kasse, wo ich in der Warteschlange noch vergeblich nach der Luzern-Liebhaberin Ausschau halte.

Da ich ohne Smartphone und somit ohne Internet unterwegs bin, suche ich erst später auf meinem Computer nach ein paar Zusatzinformationen und finde heraus, dass die von der Schwedin ursprünglich ausgewählte Wacholder-Latwerge von einem traditionsreichen Schweizer Unternehmen – Gebrüder Eberle AG im sanktgallischen Gossau – hergestellt wird und auch tatsächlich in Schweizer Hand ist, dass im Gegensatz dazu aber die Ovomaltine, die 1904 als medizinisches Präparat auf den Markt kam, längst nicht mehr in Schweizer Besitz ist – sie gehört, wie mir Blick-Online verrät, der Associated British Foods – und auch die Valser Mineralquelle AG ist laut hauseigener Internetseite 2002 von Coca-Cola übernommen worden.

Der Wonneproppen

Romana kann sich nur mit Mühe entscheiden. Eines ist niedlicher als das andere. Welches wohl am ehesten gefallen wird? Eines mit Disney-Motiven? Nein danke, das ist ihr zu kommerziell. Eines aus Bio-Baumwolle, schon eher! Eines mit einer Kuh darauf? Mit einer Giraffe? Mit einem Elefäntchen? Oder mit diesem lustigen Hündchen? Ja, dieses nimmt sie, obwohl sie sonst keine Hundeliebhaberin ist. Als Sujet auf dem Strampelhöschen Grösse 56 findet sie es zum Fressen und sie hofft, den frischgebackenen Eltern werde es auch gefallen. Dem Baby ist es ja, immerhin die kommenden Jahre noch, völlig egal, was für ein Sujet darauf ist, schliesslich gibt es bedeutend Wichtigeres im Leben eines Säuglings, zum Beispiel die vertraute, warme, nach Milch riechende Brust der Mama und die starken Arme und die ruhige, tiefe Stimme vom Papa. Einen Moment muss Romana die Augen schliessen. Es ist schon so lange her und doch hat sie die intensiven, emotionalen Babyjahre ihrer eigenen Kinder noch sehr gut in Erinnerung. Wie schnell aber auch die Zeit vergeht! Eine banale Feststellung, aber am rasanten Gross- und Erwachsenwerden der eigenen Kinder merkt man es am stärksten. In ein Strampelhöschen der Grösse 56, da hinein passt inzwischen wohl der Fuss ihres Ältesten, der heute Schuhgrösse 47 trägt und geeignetes Schuhwerk nur noch im Internet findet. Und doch, auch er war einmal so klein, so winzig und so zart gewesen … und nun war er längst zwei Köpfe grösser als sie selbst. Sogar seinen Vater hatte er überrundet. Sie seufzt erleichtert, denn sie ist froh, dass sie kein Baby mehr grosszuziehen hat, jetzt mit über vierzig. Sie hätte den Nerv und die Geduld nicht mehr. Und zur Grossmutter möchte sie jetzt auch noch nicht gemacht werden, obwohl sie, wenn sie es nicht regelmässig färben würde, sogar schon völlig ergrautes Haar hätte, aber sie denkt, dass sie sich später, viel später, einmal sehr darüber freuen wird. Heute aber kauft sie liebend gerne Kleidchen für kleine Weltbürger und strickt manchmal sogar noch kuschelweiche Finkchen für die Neugeborenen von Bekannten und Freunden. Etwas, wofür sie bei den eigenen Kindern nie Zeit gehabt hat. Aber sie fertigt sie mit Freude für diejenigen an, die noch ganz am Anfang stehen, am Anfang von diesem grossen Glück, aber auch von dieser grossen Verantwortung. Die meisten frischgebackenen Eltern in ihrem Freundes- und Bekanntenkreis sind eine Generation jünger als sie, aber nicht alle, einige sind sogar in ihrem Alter und besteigen die emotionale Achterbahn des Kinderkriegens mit ergrauenden Schläfen. Romana ist froh, dass sie in den vergangenen zwanzig Jahren nie aus der Bahn geworfen wurde, dass sie beim Grossziehen ihres Nachwuchses trotz des ständigen Auf und Abs der Gefühle ihr inneres Gleichgewicht stets bewahren und ihre Paarbeziehung aufrecht, lebendig und echt erhalten konnte. Diese Herausforderung bestehen längst nicht alle, denkt sie und steigt mit dem flauschigen Strampelhöschen auf dem Arm noch einen Stock höher im Kaufhaus. Kurz bevor sie aber auf der Rolltreppe auf der nächsten Etage eintrifft, sieht sie oben am Ende der Treppe eine ältere, rundliche Frau mit einem Kinderwagen, an dem ihr zugewandt eine helle Wickeltasche mit Bärchenmotiv hängt. Eine andere Frau beugt sich über den Wagen und diskutiert mit der älteren Frau. Sicher ist das eine frischgebackene Grossmutter, die mit Freude und Stolz die Komplimente der anderen Frau entgegennimmt, denkt Romana und tatsächlich, als sie oben ankommt, hört sie, wie die eine Frau fragt: «Wie alt ist er denn?»

«Sechs Monate», hört sie die stolze Grossmutter antworten.

«Oh, da wünsche ich Ihnen noch eine wunderbare Zeit mit ihm!», ruft die andere Frau entzückt und wirklich warmherzig aus. Es klingt echt und nicht nach Heuchelei oder reinen Anstandsfloskeln, findet Romana. Jetzt kann sie es sich nicht verkneifen und schaut ganz direkt in den Kinderwagen, um sich den Wonneproppen auch anzugucken, doch beim Blick in die grossen dunkelglänzenden Augen erstarrt sie: Sie gehören einem Malteserhündchen mit weissgelocktem Fell.

Das Scheidungshuhn

Die Freundin wirkte müde und abgespannt. Ihre familiäre Situation war alles andere als rosig. Der Hausfrieden hing schon seit Wochen schief, aber vielleicht würde sich in den langen Sommerferien wider Erwarten alles wieder zum Guten wenden, denn die Hoffnung stirbt bekanntlich zuletzt. Sie wollte fürs Erste einfach nur weg, weg von zuhause, vom Alltagstrott, am liebsten gleich für mehrere Wochen und direkt ans Meer im Süden, wo die fünf Kinder fröhlich plantschen würden und wo sie nach Herzenslust Sandburgen bauen und Wassergräben zwischen sie und ihren Gatten ziehen könnten, ohne dass sie diese zwangsläufig als Sinnbild des Abgrunds, der sie tatsächlich von ihrem Gatten trennte, deuten müsste.

Etwas aber hielt sie noch ab von den Ferien am Meer: die Pflicht für ihr vereinsamtes, schwarzbraunes Huhn, das als Einziges alle Marderattacken in ihrem Garten überlebt hatte und das in ihren Augen deshalb ein besseres Schicksal verdiente, als ausgesetzt oder am drohenden, bitteren Ende gar auf dem Altar der Scheidung geopfert zu werden und als Suppenhuhn zu enden. Ein lebendes Huhn lässt sich nämlich weniger gut teilen als ein frisch grilliertes Poulet. Wer bekommt es? Kann man vor dem Richter auch für ein Huhn das gemeinsame Sorgerecht beantragen? Es gibt doch scheidungswillige Ehepaare, die sich hitzig um ihren Hund oder ihre Katze streiten. Hätten die Behörden auch ein Einsehen für Paare, die sich um ihr Federvieh streiten? Gäbe es ein gemeinsames Sorgerecht und wie würde es konkret verwirklicht? Ein Huhn würde es, im Gegensatz zu den pflegeleichten, flexiblen Kindern, vielleicht auf Dauer schlecht vertragen, ständig hin- und hergeschoben zu werden, und überhaupt, auf welcher Seite müsste es denn seine Eier legen? Könnte man es vielleicht so mit Mais und Käserinden dopen, dass es täglich ein Ei mit Doppeldotter legen würde, das sich redlich teilen liesse? Das wäre dann im wahrsten Sinne des Wortes das Gelbe vom Ei! Unsinn, Käserinden sind doch gar kein Hühnerfutter, meinen Sie? Sie irren! Das ist ihr Lieblingsfressen, sie kommen gleich nach den halbverfaulten Mäusekadavern, die die Katze verschmäht, und um die sich die Hühner im Garten streiten, sich ein regelrechtes Rennen liefern, bei dem das siegreiche Huhn mit der kostbaren Beute im Schnabel um die Haselnussbüsche kurvt, während die noch intakten Mausgedärme im Takt um seinen Schnabel schwingen. Sie finden das eklig? Mitnichten, Natur pur ist das und nennt sich auch umweltfreundliche Abfall- und Aasverwertung, sprich Bio-Futter! Übrigens, auch Blut ist biologisch und darauf sind Hühner noch schärfer als auf die scheusslich stinkenden, schmierigen Rinden von Rahmtilsiter oder auch auf die frischen, appetitlichen Ameiseneier. In dieser Hinsicht sind sie auch besonders gnadenlos und legen kannibalisches Verhalten an den Tag. So picken sie einer einzelnen Henne, die als Neuankömmling von der ersten Sekunde an grauenhaft gemobbt wird, zum Beispiel so lange die Federn am Hintern weg, bis der nackte Hintern blutet, der garantiert nie heilen wird. Deshalb sollte man auch nie versuchen, ein einzelnes Huhn in eine Gruppe mit längst etablierter Hierarchie zu integrieren.

Eine derartige Grausamkeit wollte ich dem Pflegehuhn, das noch nichts von seinem Schicksal als Scheidungswaise ahnte, natürlich keinesfalls antun, im Gegenteil, das Huhn, das wir liebevoll Putina nannten, weil die Freundin russischer Abstammung war, sollte zusammen mit unserer eigenen Survivor-Henne eine eigentliche Selbsthilfegruppe bilden. Unsere weisse Henne der Rasse Sussex, ein Name, den man in Frankreich mit Vorteil korrekt englisch ausspricht, die wir übrigens auf den arabischen Namen *Baida'* getauft hatten, weil dies *Weisse* heisst, wobei dieses Wort beinahe gleich wie die arabische Bezeichnung für Ei, nämlich *Baida,* tönte und Nomen hier wirklich zum Omen wurde, unsere Henne also war nämlich seit wenigen Tagen ganz allein, da ihre beiden Kolleginnen einem streunenden Hund zum Opfer gefallen waren, der am helllichten Tag durch das aus Versehen offen gelassene Gartentor hereingestürmt war und sie in Sekundenschnelle totgebissen hatte. Leider ungestraft, aber bedacht mit den wüstesten Beschimpfungen unsererseits entkam er uns, und im ersten Moment glaubten wir, die weisse Henne sei auch tot. So lag sie nämlich im Gras, in meisterhaft gespielter Todesstarre, aber in Tat und Wahrheit noch lebend und, abgesehen von einem vorübergehend etwas lahmen Flügel, körperlich unversehrt. Von diesem Tag an verkroch sich die schwer Traumatisierte aber im Hühnerhaus, legte nicht mehr, frass nicht mehr, stellte sich im Schockzustand mit dem Schnabel zur Ecke und wäre am liebsten dort in einen Holzbalken geschlüpft. Putina, unser schwarzbrauner Feriengast und künftiger Zögling, war uns also nicht nur sehr willkommen, sondern wurde dringend gebraucht für den psychologischen Krisenstab!

Es ging dann auch nicht mehr als ein paar Tage und zu unserer Freude trug die intensive Gesprächstherapie Früchte! Baida und Putina streckten fröhlich gackernd den Kopf aus dem Hühnerstall, scharrten in trauter Zweisamkeit nach fetten Würmern und gönnten sich in ekstatischen Verrenkungen und mit halbgeschlossenen Augen ein Sandbad. Ihr kleines Hirn schien die Schreckensereignisse völlig vergessen zu haben. So vergingen die Sommermonate friedlich. Die Freundin hatte inzwischen die Scheidung eingereicht und übertrug mir im Einverständnis mit ihrem zukünftigen Ex-Mann endgültig das Sorgerecht für Putina. Die zwei Hennen legten wieder fleissig, frassen sich an den am Boden faulenden fermentierten Kirschen den Kropf voll, gackerten im Morgengrauen und hielten gleich beim Einnachten den Schnabel, wie es sich für ein anständiges Huhn gehört. Putina war ausserdem ausgesprochen zahm, liess sich völlig problemlos streicheln und herumtragen und begab sich in Begattungsstellung, kaum kam man in ihre Nähe. Natürlich rührte es daher, dass sie von den fünf quirligen Kindern der Freundin, die mit ihren Streichen Max und Moritz das Wasser reichen konnten, so allerhand gewohnt war, denn die Jungen hatten sie zum Spass ab und zu auch zum Kaninchen ins Gehege gesetzt, worauf dieses sie sehr rassentolerant besprang. Aber auch bei uns führte Putina mit Baida ein paradiesisches Hühnerleben, das sich noch über eireiche Jahre hätte hinziehen können, wäre nicht eines Nachts die Tür zum Hühnerstall mal wieder versehentlich offengeblieben …

Das erschreckte Gegacker hörte ich um 23 Uhr und mir war schlagartig klar, was los war. Ich riss die Haustür auf, hechtete mit lautem Geschrei über die Eingangstreppe, wobei ich beinahe über sämtliche vom Nachwuchs am Eingang verstreute Schuhe stolperte, und sah grade noch den buschigen Schwanz des Hühnerdiebes hinter der Hecke des Nachbarn verschwinden. Im Garten sah es aus, wie wenn Frau Holle in einem Anflug von Alzheimer ihre Daunendecken mitten in der Nacht ausgeschüttelt hätte. Baida aber lebte noch immer, etwas gerupft zwar, aber ausser Federn fehlte ihr nichts. Von Putina hingegen fehlte jede Spur, jedenfalls konnte ich in der Dunkelheit keine schwarzbraunen Federn ausmachen, folgerte aber, dass der Fuchs kurzen Prozess gemacht und sie dann gleich verschleppt hatte. Die geschockte Baida konnte keine Aussagen machen, geistig völlig erschüttert irrte sie im Garten umher und liess sich zu meinem Leidwesen nicht einfangen. Im Gegenteil, sie versteckte sich zwischen der Gartenmauer und dem Gartenhaus, wo der Zwischenraum nur handbreit war, und von wo ich sie unmöglich hervorzerren konnte. Ich versuchte, die Gestörte mit dem Besen hervorzujagen, aber das arme Tier schrie in langgezogenen Tönen so laut und so schrecklich, dass es eher an einen Menschen erinnerte als an ein Huhn. Ich fürchtete, die ganze Nachbarschaft und womöglich die Polizei auf den Plan zu rufen, und liess Baida schliesslich resigniert in ihrem Versteck, wohlwissend, dass dieses für ein Huhn selbstmörderisch war. Ich täuschte mich nicht. Am anderen Morgen lag Baida geköpft und mit steifen, gen Himmel gerichteten Füssen rücklings unterm Rosenstrauch. Als ich mich anderntags mit schlechtem Gewissen bei meiner Freundin für die grausame Verschleppung und den sehr wahrscheinlichen Hinschied von Putina entschuldigen wollte, meinte sie trocken, ihre Henne habe immerhin gelebt und geendet wie ein richtiges Huhn.

Der Sündenbock

Wussten Sie, dass man heutzutage im Internet ganze Herden von Ziegen oder Schafen gegen Bezahlung ausleihen kann, damit sie schwer zugängliche Parzellen, verwilderte Hecken und Gärten oder auch die Spielwiese und vielleicht sogar den englischen Rasen um Ihr Haus herum umweltschonend stutzen und düngen? Wäre es denn nicht das Allerschönste, ein paar Tage lang eine friedlich blökende Schafherde ums Haus zu haben? Dem Büro den Rücken zu kehren und sich zuhause so richtig als Hirte oder Hirtin zu fühlen? Alle Nachbarn und sich selbst von der Schlaflosigkeit zu befreien, da alle eine Woche lang jede Nacht bis zum Umfallen Schäfchen zählen könnten?

Hach, wie herrlich es doch wäre, diese bukolische Szenerie alle paar Wochen gegen das Spektakel einzutauschen, das sich sonst regelmässig in der Nachbarschaft abspielt, sobald jemand den Rasenmäher aus der Garage holt. Ganz abgesehen vom Lärm, der im Umkreis von mehreren Kilometern allein schon die Stimmung vergrault, kann er mit seinem rotierenden Schneidemesser nämlich erfahrungsgemäss nicht nur Grashalmen, Fingern und Zehen, sondern auch Beziehungen den Garaus machen. Bevor der Rasenmäher allerdings so effizient eingesetzt werden kann, muss man ihn erst einmal starten können! Vor allem nach der langen Winterpause kann dieser Versuch sehr schnell zum mehraktigen Drama werden. Erstens ist der Benzintank meistens fast leer und zweitens fehlt es bestimmt auch am Motorenöl.

Genau so erging es auch Frau Ramseyer: Natürlich schaute sie erst dann nach dem Stand der Dinge, als das Wetter zwar noch sonnig, ihre eigene Miene aber durch den frisch erworbenen Startschnur-Tennisarm bereits bewölkt war. Diese leichte Bewölkung entwickelte sich rasend schnell zur bedrohlichen Gewitterfront, da Frau Ramseyer, weil ihr lieber älterer Nachbar, der ihr sonst immer gerne half, gerade nicht zuhause war, ihren eigenen Nachwuchs dazu aufrief, ihr beim Starten und Mähen behilflich zu sein. Der fast erwachsene und Frau Ramseyer längst über den Kopf gewachsene Nachwuchs hatte natürlich keinen Bock aufs Rasenmähen, kam jedoch anstandshalber zu Hilfe. Leider aber wollte der Motor immer noch nicht problemlos anspringen, obwohl Benzin und Öl nachgefüllt sowie Muskelkraft und Fluchvorrat dank dem Nachwuchs verdoppelt waren. Da das Ziehen an der Startschnur je länger, je genervter geschah, stiess sich der Nachwuchs mit seinem Ellenbogen zwischendurch auch mal äusserst heftig am alten Stewi, der seit Jahren offen und sperrig herumstand, weil der automatische Seileinzug defekt war, und warf die Flinte jaulend und wutschnaubend ins Korn. Das wiederum erzürnte den früher als sonst vom langen Arbeitstag nachhause kommenden Herrn Ramseyer, weil er nichts vom wirklich lädierten Ellenbogen wusste und er den Eindruck hatte, die Belegschaft im Haus gebe einfach mal wieder zu früh auf. Flugs krempelte er seinerseits die Hemdsärmel hoch, aber der Motor war längst abgesoffen und liess sich erst recht nicht mehr starten. So wurde der Mäher zurück in die Garage gebracht, Herr Ramseyer entfernte fachmännisch die Zündkerze, reinigte sie mit einer Metallbürste, setzte sie wieder ein und ... tatsächlich sprang der Motor bereits in der Garage an! Nun sollte der Nachwuchs, der mit dem blutunterlaufenen, geschwollenen, schmerzenden Ellenbogen immerhin noch fähig war, im Internet zu surfen, den fröhlich ratternden Rasenmäher endlich über die 600

Gartenquadratmeter stossen. Der Nachwuchs aber hatte die Nase gestrichen voll und streikte, was Herrn Ramseyer dazu brachte, den Rasenmäher voller Elan gegen die Gartenmauer zu knallen, wo ihm als Sündenbock prompt das letzte Stündchen schlug. Seufzend verfolgte Frau Ramseyer mit ihrem Blick noch die letzten schwarzen Rauchwölkchen, die aufstiegen, entdeckte am Himmel die Schäfchenwolken und schwor sich, statt des röchelnden metallenen Sündenbocks fortan einen richtigen Schafbock plus Harem in den Garten zu lassen.

Ein wahrer Freund und Helfer

Giulietta hatte ihre Fahrprüfung genau vor einer Woche bestanden und fuhr unabsichtlich an einem Rotlicht vorbei. Und das mit zwei Kleinkindern auf dem Rücksitz! Wer glaubt aber, dass man unabsichtlich an einem Rotlicht vorbeifahren kann, es sei denn, man sei betrunken oder leide an Farbenblindheit? Und wer erklärt dies auf glaubwürdige Weise einem Polizisten, der per Zufall gerade in diesem Moment mit seinem Motorfahrrad unterwegs ist und die sündige Autolenkerin überholt und zum Anhalten zwingt? Tatsache war, dass Giulietta links abgebogen war, als das Rotlicht auf einer abschüssigen Hauptstrasse für Geradeausfahrende auf Grün umgeschaltet hatte. Sie hatte das Rotlicht in ihrem Fahreifer als Neuling ganz einfach verwechselt. Allerdings wurde ihr der Irrtum gleich beim Abbiegen bewusst, denn sie sah den abgeknickten roten und den schnurgeraden grünen Pfeil nochmals vor ihrem geistigen Auge und sagte schamrot, aber lachend zu ihrem dreijährigen Sohn, der in seinem Kindersitz angegurtet war: «Gut, dass der Papa nicht gesehen hat, was ich gerade für eine Dummheit gemacht habe!» Ihr Sohn, der erst ein Dreikäsehoch, und sein kleiner Bruder, der noch ein halbes Baby war, erwiderten nichts und ihr Papa sah die Dummheit in der Tat nicht – ganz im Gegensatz zum Polizisten, der zwei Sekunden später auf seinem Motorrad und mit strengem Gesicht hinter ihrem Auto auftauchte. Giulietta war das Ganze unheimlich peinlich. Was hätte sie darum gegeben, in jenem Moment vom Erdboden verschluckt zu werden, zusammen mit ihren Kindern und ihrem Wagen. Der Polizist aber überholte sie und gab ihr mit

Handbewegungen zu verstehen, am Strassenrand anzu-
halten. Giulietta hielt, stellte den Motor ab, kurbelte das
Fenster hinunter und blickte völlig zerknirscht und nun
aschfahl im Gesicht zum Polizisten auf. Dieser grüsste sie
mit strenger Miene und verlangte ihren Fahrausweis.
Giulietta klaubte ihn mit zitternden Händen aus ihrer
Handtasche, während ihr Dreijähriger auf dem hinteren
Sitz begeistert in die Hände klatschte, weil da so ein tol-
les, mit Leuchtfarben bemaltes Motorrad neben dem
Auto stand, und reichte dem Polizisten das weisse Papier
– es war noch ihr Lernfahrausweis, der nach bestandener
Prüfung mit einem offiziellen Stempel versehen worden
war und sie somit dazu berechtigte, bis zur Aushändi-
gung des definitiven blauen Fahrausweises damit herumzufahren. Der Polizist studierte ihren Ausweis mit
ernstem Gesicht und Giulietta sagte ihm niedergeschlagen die Wahrheit, nichts als die Wahrheit. Sie habe den
grünen Pfeil fürs Geradeausfahren ganz unerklärlicher-
weise mit dem roten Pfeil fürs Linksabbiegen verwechselt, obwohl ihr die Strecke absolut vertraut sei. Der Polizist meinte darauf, dass ihr streng verbotenes Manöver
hätte gefährlich sein können, und dass sie ja sogar noch
die Kinder hinten auf dem Sitz dabeigehabt hätte. Giulietta konnte ihm nur kleinlaut beipflichten und weil sie
so mitgenommen wirkte, gab ihr der Polizist den Ausweis zurück, ohne ihr eine saftige Busse aufzubrummen.
Sie habe nun mindestens 250 Franken gespart, sagte er
ihr trocken. Giulietta dankte ihm für sein Verständnis
und realisierte erst, was für ein Schwein sie tatsächlich
gehabt hatte, als er sich auf sein Motorrad setzte und
wegfuhr. Diesem Polizisten, einem wahren Freund und
Helfer, war sie ihr Leben lang dankbar und sie vergass es
ihm nie, wie diese Geschichte beweist.

Das Rohmaterial

Heute bei der Schlüsselübergabe kommt er etwas freundlicher daher als das letzte Mal, bei der zweiten Wohnungsbesichtigung. Diesmal ist er sogar zu spät, weil er das Dossier vergessen hat. Zu einer Entschuldigung lässt er sich allerdings nicht herab. Er trägt eine dunklere Brille, scheint es ihr, die perfekt zu seinem dunklen Anzug und dem hellkarierten Hemd passt. Eigentlich schaut er ja noch sympathisch aus. Er lächelt auch ein bisschen zum Gruss, streckt ihr die Hand entgegen, fährt nach dem Händedruck sogar ans Herz mit seiner Hand ... hat sie das wirklich richtig gesehen? Es passt irgendwie nicht zu ihm, denn das machen sonst eher die Nordafrikaner und nicht die Franzosen. Seltsamerweise berührt sie diese Geste. Ein bisschen mehr Zeit lässt er sich heute, sie setzen sich für die Erledigung des Papierkrams sogar zu viert an den Tisch, der ältere Besitzer der Wohnung ist auch dabei. Er wirkt zum Glück nett und umgänglich, gar nicht wie ein Halsabschneider. Der Wohnungsvertrag wird vom Besitzer unterzeichnet, der Makler schiebt ihm jeweils die Blätter unter die Nase und zeigt ihm, wo er unterschreiben muss. Die beiden Frauen bekommen auch je ein von ihm unterzeichnetes Exemplar. Dann geht's an die Wohnungsübergabe-Liste. Der Makler geht davon aus, dass sie das einfach unterzeichnen, was er bereits im Voraus ausgefüllt hat. Ohne es mit ihm im Detail durchzugehen und die Zimmer im Detail zu überprüfen. Die Frauen aber sind beharrlich, sie inspizieren alles, zählen die vielen Löcher und Nägel in jeder Wand nach, heben die Matratzen hoch, lassen das Wasser ins Lavabo fliessen, ziehen den Stöpsel mit einem stinkenden Haarklumpen heraus und öffnen alle Fenster und den Kühlschrank. Dieser ist zur allgemeinen Überraschung noch vereist und eingeschaltet. Wer bezahlt denn nun den Strom, der dabei vergeudet wurde während den zwei Wochen, in denen die Wohnung leer stand? Der Siphon unterm Lavabo ist prompt verstopft, ein Lichtschalter funktioniert im Badezimmer nicht und unter dem grossen Doppelbett fliegt der Staub in Wolken umher, kaum stemmt man die Matratze hoch.

Der Besitzer verspricht, alles gleich nachher noch zu richten, obwohl dies, insbesondere die mangelnde Reinigung, im Prinzip auf die Kappe der vorangegangenen zwei jungen Mieterinnen gegangen wäre. Fast haben sie Mitleid mit dem älteren Herrn, der nun den Dreck dieser gewissenlosen Jugend aus der Welt schaffen muss. Eigentlich könnte er ihnen die nachträgliche Reinigung in Rechnung stellen, aber sie glauben kaum, dass er das machen wird. Lieber macht er es schnell selber und die Sache ist erledigt. Er scheint wirklich ein umgänglicher, ehrlicher und unkomplizierter Typ zu sein. Der Makler ergänzt die Wohnungsübergabe-Liste missmutig. Sie spüren alle, dass ihm das völlig gegen den Strich geht. Seiner Handschrift auf dem grossen blauen Zettel mit Durchschlag sehen sie es auch an. Sogar zu zweit brauchen sie später jeweils mehrere Minuten, um ein Wort oder eine Bemerkung zu entziffern. Aber sie bleiben beharrlich. Dies ist ihr Recht und sie werden sich nicht einschüchtern lassen von diesem Makler, der sie wahrscheinlich innerlich schon längst verflucht. Reinste Zeitvergeudung ist das für ihn, dieses misstrauische Nachkontrollieren seiner Angaben. Hat man denn so was schon gesehen? Sicher typisch Frau oder typisch Schweizer! Eine der beiden Frauen kommt ja aus diesem pingeligen Land. Nachdem sie den Zettel mit Durchschlag und die dazugehörenden

Kopien des dreiseitigen handgeschriebenen Inventars des Besitzers endlich unterzeichnet haben, ohne jedes einzelne Kaffeelöffelchen, Messerchen oder Zahnstocherchen dieser möblierten Wohnung nachzuzählen, und mit dem Besitzer noch über eine defekte Lampe im Badezimmer diskutieren, macht er sich klammheimlich aus dem Staub. Ohne Gruss und ohne Händedruck. Schade, wenn er geahnt hätte, dass sie ihn eigentlich vom Aussehen her auf eine gewisse Weise sympathisch gefunden und dass sie diese flüchtige Geste zum Herzen hin bereits berührt hatte, hätte er ihr, vielleicht allein aus Eitelkeit, zum Abschied doch noch mal die Hand gedrückt. Er wird sich auch ganz bestimmt nicht ausmalen, dass sie ihn nun, Jahre danach, aus der Erinnerung wieder vor ihrem inneren Auge auferstehen lässt und ernsthaft darüber nachdenkt, was sie mit ihm als Figur – als Rohmaterial – wohl anfangen könnte. Was für einen grottenschlechten Charakter er in einem ihrer Romane eines Tages darstellen könnte und für welchen elenden Typen er ihr gerade gratis und franko Modell gestanden ist.

Die PSH-Partei

In den 70er-Jahren war es in einem Dorf am Vierwald-stättersee noch nicht so weit her mit Multikulti. In den Schulen beispielsweise waren Kinder aus anderen Ländern eine exotische Seltenheit. So in der ersten Primarklasse des blutjungen Lehrers Morand im alten Schulhaus, bei welchem sich die Mädchen darum stritten, beim Klassenfoto an seiner Seite sitzen zu dürfen. Morand war ein französischer Name, hatte der Lehrer uns Kindern erklärt, aber er sprach genauso gut Schweizerdeutsch wie wir. Allein sein Familienname und seine Liebenswürdigkeit machten ihn noch lange nicht zum Franzosen, abgesehen davon konnte er ja auch ein Westschweizer sein. Für mich als Erstklässlerin blieb seine fremdländische Herkunft deshalb etwas völlig Abstraktes. Konkreter merkte ich es als Siebenjährige aber bei einem Schulkameraden, dem Edi, dass er nicht aus unserem Dorf am Vierwaldstättersee kam, sondern von weit her. Er war nämlich Engländer und machte nicht nur ganz lustige Sätze, sondern war auch sonst oder vielleicht gerade deswegen der reinste Scherzkeks. Dann gab es auch noch ein italienisches Mädchen, an dessen Namen ich mich nicht mehr erinnern kann und das fast so gut Schweizerdeutsch wie alle andern sprach. Seine klein gewachsene, rundliche Mutter aber stammelte jeweils nur ein paar Brocken unserer gängigen Ortssprache hervor, redete dafür aber auf Italienisch dreimal so schnell. Wahrscheinlich aber lag es vor allem am Status des italienischen Mädchens – es war das Kind von ehemaligen Gastarbeitern –, dass es in der Klasse immer ein bisschen eine Randfigur war. So jedenfalls wirkte es auf mich und meine Kameraden. Mangels viel konkreterem Kontakt mit Kindern, die keine Schweizer waren, und weil niemand die wenigen paar Kinder mit fremden Wurzeln dazu aufforderte, in der Schule von ihrer Heimat oder der Heimat ihrer Eltern und Grosseltern zu erzählen, und auch weil ich mit meinen Eltern und Brüdern nie in die Ferien fuhr, sondern fast immer auf eine Alp in der Innerschweiz oder dann in ein Blauringferienlager im Wallis, blieb das Ausland für mich ein völlig verschwommener Begriff. Es gab einfach nur die Schweiz und das Ausland. Sozusagen der kleine Schweizer David und Goliath als Rest der Welt. Denn das Ausland war ein einziges Land, das die kleine Schweiz umgab – ähnlich wie Edis England, das irgendwo weit entfernt, auf einem anderen Kontinent vielleicht, sein enges, auch von einem übermächtigen Ausland eingeklemmtes Dasein fristete. Ein Wunder überhaupt, dass Edi mit seinen Eltern aus seinem engen Heimatland in die Schweiz auswandern konnte. Und dass er trotzdem so ein offenherziger Scherzkeks geblieben war. Vielleicht verstand er ja schon als Kind, dass er aus seinem engen Land in ein Land mit noch engerer Mentalität gekommen war, und sein Witz und Charme waren schon damals die einzigen Mittel, dieser Enge zu entkommen. Heute, 41 Jahre nach meiner ersten Primarschulzeit Mitte der 70er-Jahre, ist die Mentalität vieler Schweizer leider sogar noch enger geworden, man merkt es deutlich an den Resultaten der Abstimmungen gewisser Volksinitiativen, die von rechts lanciert werden, und insbesondere bei den Anhängern der, leider Gottes, Mehrheitspartei frage ich mich manchmal, ob sie ihren PrimarSchulHorizont denn eigentlich nie überwunden haben und ob sie sich nicht naheliegender- und ehrlicherweise PSH-Partei nennen sollten ...

Maulbeeren

Die Neugier

«Was machen denn die da?», fragt Gabriel und hebt erstaunt seine Flügel.

«Moment», antwortet Gott, «sie sind ja gerade erst hereingekommen.»

Gott schaut etwas genauer hin und sieht eine Frau mit einem kleinen Mädchen an der Hand in der Magdalenenkirche in Hintermeggen. Die Frau taucht ihre Finger ins Weihwassergefäss beim Eingang und macht das Kreuzzeichen. Das Mädchen tut es ihr gleich. Dann laufen sie zwischen den Bankreihen aus schlichtem Holz nach vorne. Das Mädchen richtet dabei seinen Kopf nach oben und bestaunt das riesige ovale Gemälde an der Decke. Bei der letzten Bankreihe gehen sie nach links zum schwarzen Kerzenstand mit den Bittkerzen. Sie zünden beide eine Kerze an, machen eine Kniebeugung und setzen sich dann auf die vorderste Bank. Ausser ihnen ist kein Mensch in der Kirche und es ist ganz still. Das Mädchen lächelt und guckt erwartungsvoll auf die Handtasche der Mutter. Diese öffnet sie und greift hinein. Dann nimmt sie etwas heraus, das in ein weisses Taschentuch eingewickelt ist.

«Wollen die etwa picknicken?», fragt Gabriel verblüfft.

«Nein, wart's ab!», sagt Gott und lächelt dabei geheimnisvoll.

Ganz sorgfältig wickelt die Mutter das Taschentuch auseinander und hält es offen dem kleinen Mädchen hin. Das Mädchen zögert ein bisschen, dann greift es nach der kleinen beigen Scheibe, die auf dem blütenweissen Taschentuch liegt und steckt sie sich in den

Mund. Einen Moment lang bleibt die etwas trockene Scheibe ein bisschen wie ein Stück Papier auf seiner feuchten Zunge kleben, dann aber zerkaut das Mädchen sie vorsichtig.

Gabriel schaut Gott verblüfft an und fragt: «Hast du das gesehen?»

«Was für eine Frage!», antwortet Gott amüsiert.

«Hey, die war echt! Und gesegnet dazu!», ruft Gabriel.

«Ja, ich weiss», entgegnet Gott lächelnd.

«Die war für die Mutter bestimmt, nicht für das kleine Mädchen!», ergänzt Gabriel.

«Du hast Recht. Die Mutter hat sie extra für ihre Tochter aufgespart.»

«Das Mädchen ist doch noch viel zu jung dafür!», sagt Gabriel entrüstet.

«Stimmt, seine Erstkommunionfeier ist erst in zwei Jahren», gibt Gott zu.

«Und das stört dich nicht?», fragt Gabriel. «Die Mutter kann doch nicht einfach alle Regeln über den Haufen werfen?»

«Doch, natürlich kann sie das. Erstens sind diese Regeln nicht von mir und zweitens hat diese Mutter den Weg zu mir im etwa gleichen Alter gefunden, ganz allein.»

«Wie meinst du das?»

«Mein Gott, wie neugierig du wieder einmal bist, Gabriel!», ruft Gott. «Du brauchst doch nicht immer alles über die Menschen zu wissen wie ich. Das ist ein Geheimnis zwischen ihr und mir.»

«Okay», sagt Gabriel im Ton einer leicht beleidigten Leberwurst, «aber dieses Mädchen hier ist trotzdem noch viel zu jung.»

«Warum?»

«Na, es begreift das Ganze ja gar nicht, von wegen Leib Christi und so.»

«Das kann gut sein, dass es noch nicht alles versteht, das geht sogar manchen Erwachsenen so, aber es ist auf jeden Fall neugierig darauf.»

«Ach, eben hast du mich getadelt, ich sei zu neugierig», sagt Gabriel und verzieht schon wieder den Mund zum Schmollen.

«Ja», entgegnet Gott mit einer Engelsgeduld.

«Also ist Neugier keine Tugend. Es steckt ja sogar das Wort *Gier* darin», fügt Gabriel an und ist dabei sogar ein bisschen stolz auf seine eben entdeckte Sprachlogik.

«Ja, von Mensch zu Mensch ist es keine Tugend, aber von Mensch zu Gott ist es eine!»

Habb ar-Rumman: Granatapfelkernchen

Was eine Granate ist, wissen Sie? Genau, ein Sprengkörper, ein mörderisches Wurfgeschoss, das man in unseren Breitengraden zum Glück nur aus Kriegsfilmen, aus Computerspielen, aus Tagesschau-Nachrichten oder aus dem Geschichtsbuch kennt.

Bei einer Granate denkt man als Deutschsprachiger vor allem an eine *Hand*granate, eine Waffe, und nicht an den leckeren Granat*apfel* vom opulenten Supermarktregal voller exotischer Früchte. Eine Granate und ein Granatapfel sind tatsächlich zwei verschiedene Dinge, aber im Französischen beispielsweise gibt es für beide, für die Frucht wie für die Waffe, das gleiche Wort *grenade*. Etymologisch gesehen besteht aber kein Zweifel, dass die im Mittelalter erfundene Handgranate auch im Deutschen mit dem Granatapfel zusammenhängt. Auf Lateinisch bedeutet *granatus* «kornreich» und *malum granatum* «kornreicher Apfel». Sowohl das Innere des Granatapfels wie dasjenige der Handgranate besteht aus zahllosen Einzelteilchen: hier himmlisch schmeckende Kerne, dort tödliche Splitter. Und beide platzen, wenn man sie auf den Boden wirft. Über die schreckliche Handgranate und ihre verheerende Wirkung mag ich gar nicht weiter sprechen, aber dafür über den paradiesischen Granatapfel! Der ursprünglich aus Mittelasien stammende Granatapfel ist eine herrliche Frucht mit einem überaus erstaunlichen, köstlichen Innenleben. Nicht ohne Grund wird er auch Speise der Götter genannt und steht seit jeher für Liebe, Fruchtbarkeit, Jugend und Schönheit. Er sei auch ein Aphrodisiakum, kann man vielerorts lesen. Er kommt sowohl in der griechischen Mythologie vor als auch in der

Bibel, wo er mehrmals zitiert wird, vor allem im Hohelied und im Buch Mose. Von aussen betrachtet wirkt er zwar unscheinbar, abgesehen von der manchmal tiefroten Farbe, aber innen sieht er wunderschön aus und zudem ist er äusserst raffiniert verpackt. Beim Schälen muss man aufpassen, es ist nämlich nicht nur der Saft der rubinroten Kerne, der die unauslöschlichen Flecken verursacht, sondern auch die bittere Innenseite der Schale, die einen Gerbstoff enthält, der früher zum Gerben von Ziegenhäuten verwendet wurde, um sie, zusammengenäht, als Behälter für hausgemachte Sauermilch zu verwenden. Noch in den 70er-Jahren wurde in Nordafrika auf diese Weise Ziegenleder gegerbt. Heute aber macht das wohl kaum noch jemand, einerseits, weil man, wenn man das Geld hat, auch in Nordafrika Sauermilch und Joghurt bequem kaufen kann, und andrerseits, weil man vielleicht längst aus China importierte Billigbettflaschen aus Kautschuk fürs Zubereiten von Sauermilch zweckentfremdet. Für mich sind die Granatapfelkerne auf jeden Fall eine bare Kostbarkeit, eines der vielen kleinen Wunder der Natur. Es sind essbare Rubine. Knackig frisch, leicht säuerlich und süss zugleich lassen sie sich einzeln im Munde zerbeissen. Sie sind nicht nur eine Augenweide, sondern auch eine wahre Gaumenfreude. Man kann sie aber statt einzeln auch handvollweise geniessen, und sie schmecken dann am besten, wenn man sie nicht selber schälen muss, sondern wenn jemand anders es für einen tut. Mein Mann macht es meistens für mich. Er hat die angeborene Engelsgeduld dafür, die mir völlig abgeht, und er schält sie wirklich hingebungsvoll. Das Schönste aber am Granatapfelkernchen ist, wenn meine algerische Schwiegermutter mich mit diesem von ihr erfundenen arabischen Kosenamen *Habb ar-Rumman* anspricht.

Das Erklimmen der Schwarzwäldertorte

Wenn ich in unserem Schlafzimmer am Morgen das Fenster öffne und die Fensterläden aufklappe, habe ich ihn immer gleich vor mir, den Berg, den Frankensteins Kreatur in Mary Shelleys Roman von 1816 in einer stürmischen Nacht im Blitzlicht erklimmt. Dieser Berg ist der Salève, der Hausberg von Genf, der aber zu Frankreich gehört und den auch heute noch massenhaft Menschen besteigen, allerdings besser gelaunt als Frankensteins Monster, nur um sich gleich darauf wieder vom Gipfel herabzustürzen – bei schönem Wetter und mit einem Gleitschirm ausgestattet. Der Salève wird im Roman von Mary Wollstonecraft Shelley, die beim Erscheinen ihres Romans «Frankenstein oder Der neue Prometheus» 1818 erst neunzehn Jahre alt war, mehrmals erwähnt. Tatsächlich schrieb die Autorin, die damals noch Mary Godwin hiess, ihren Roman während ihres Aufenthaltes am Genfersee im nasskalten, stürmischen Sommer 1816, wo sie zusammen mit dem Poeten Percy Shelley, ihrem Geliebten und Vater ihres kleinen Sohnes, im «Maison Chapuis» bei Cologny wohnte. Auch Marys unehelich schwangere Halbschwester, Claire Clairmont, war damals dabei sowie Lord Byron, der Vater des Kindes von Claire, der sich in Cologny extra eine Villa mietete, und sein persönlicher Leibarzt, John Polidori. Im Sommer 1816 gab es in Genf natürlich weder am linken noch am rechten Ufer Gratiskonzerte, Multi-Kulti-Sommerfestivitäten mit Fressbuden, Kebab-Ständen, thailändischen Woks, Frühlingsrollenorgien, Riesenrädern, Achterbahnen, Autoscootern, Schiessbuden, Looping-Coastern und Gruselkabinetten. Es wurden auch nicht an einem einzigen Abend Millionen für ein Feuerwerk abgefackelt. Den Jet d'eau, das Wahrzeichen von Genf, gab es damals ebenfalls noch nicht, er wurde erst 1891 in Betrieb genommen, ganz zu schweigen von der Seilbahn auf den Salève, die 1932 die Zahnradbahn ablöste, die erst 1893 erbaut worden war. So war es offenbar die Langeweile und der Vorschlag von Lord Byron, Gruselgeschichten zu verfassen, die Mary Shelley an jenem stürmischen, nassen Sommerabend zum kreativen Schreiben ihres später weltberühmten phantastischen Romans inspirierten, der auch mehrmals verfilmt wurde. Was Mary Shelley von den verschiedenen Verfilmungen gehalten hätte, darüber kann man natürlich nur spekulieren. Ihr Roman spielt hauptsächlich in Genf und in der Region von Chamonix, aber auch in Ingolstadt und in der Rahmenerzählung sogar in St. Petersburg und in Archangelsk, einer Hafenstadt in Nordrussland. Sogar die Stadt Luzern wird einmal erwähnt, wie ich beim Lesen des Romans zu meiner grossen Überraschung festgestellt habe: Tatsächlich lässt die Autorin den Kaufmann Beaufort, Viktor Frankensteins Grossvater mütterlicherseits, in meiner Heimatstadt sterben. Ich gehe deshalb davon aus, dass die Engländerin Mary Shelley während ihrer Europareisen auch einmal in Luzern war, denn bestimmt hatte die Stadt schon damals ihren umwerfenden Charme mit dem majestätischen Pilatus, dem herrlichen See, dem stoischen Wasserturm, der pittoresken Kapellbrücke, der faszinierenden Museggmauer und noch ganz ohne Horden japanischer und chinesischer Touristen. Denn warum sonst wäre sie gerade auf Luzern gekommen, als weitere Stadt in ihrem Roman? Für einen Frankophonen wäre es bestimmt auch damals naheliegender gewesen, sich in einer anderen französischsprachigen Stadt niederzulassen als im schweizerdeutschsprachigen Luzern. Obwohl der

Salève im Roman vorkommt, war Mary Shelley hingegen selber bestimmt nie auf diesem Berg – dafür aber mit einem Schiff von Lord Byron auf dem Genfersee –, denn ohne Transportmittel und nur zu Fuss oder mit einem Maultier dürften der Aufstieg und der Abstieg damals ein ziemlich anstrengender Ausflug gewesen sein. Ausser natürlich für Viktor Frankensteins Monster, denn dieses sah er, als er auf dem Plainpalais war, gemäss Shelleys Phantasie in einer Sturmnacht und im Lichte der Blitze an den Felswänden des Salève hinaufklettern. Schon diese Szene ist ziemlich phantastisch – vom Plainpalais mitten in Genf waren es nämlich schon damals noch mindestens fünf Kilometer bis zum Fuss des Salève und Viktor Frankenstein sah das Monster ja ohne Feldstecher. Wobei, wenn man es fertigbrachte, einem Monster Leben einzuhauchen, dann konnte man natürlich auch vor zwei Jahrhunderten schon Augen haben, die so effizient wie eine Nachtsichtkamera waren. Selber bin ich übrigens auch noch nie auf den Berg hinauf- oder von ihm hinuntergewandert, obwohl man dank der Seilbahn in nur wenigen Minuten von Pas de l'Echelle bis zum Panoramarestaurant transportiert wird. Es besteht natürlich auch die Möglichkeit, mit dem Auto hinaufzufahren, aber ich bin nicht nur eine schlechte Bergkurven-Autofahrerin, sondern es wird mir auch als Passagierin schlecht in den Kurven. Ich lasse mich deshalb mit der grossen Kabine, die ohne einen einzigen Stützpfeiler am Stahlseil hängt, rasch und nicht ganz ohne innerliches Schaudern über die schwindelerregende Leere unter mir zur Bahnstation und zum Panoramarestaurant transportieren, das heisst nicht bis ganz auf den Gipfel, aber wenigstens bis kurz unterhalb, von wo man dann noch eine halbe Stunde bergaufgehen muss, bis man das Observatorium, den Fernsehturm, ein kleines Restaurant und eine langgezogene, äusserst breite Bergkuppe erreicht. Von dort oben hat man auf der einen Seite eine atemberaubende, einmalige Sicht über den ganzen Lac Léman, zum Jura hin und auf der anderen Seite auf die Savoyer Alpen. Natürlich sieht man von oben nur teilweise auf den grossen Steinbruch bei Pas de l'Echelle, wo schon im 19. Jahrhundert erstmals Kalkgestein abgebaut wurde. Besser sieht man die hässlichen gelblichen, seit vielen Generationen in den Felsen geschlagenen Narben hingegen, wenn man auf der Autobahn A1 am Fusse des Berges vorbeifährt. Der Berg verliert durch den enormen Abbau des Gesteins und die dadurch entstehenden grossflächigen Einbuchtungen seinen ursprünglichen Charakter, denn eigentlich verlaufen Längsschichten über die ganze Breite des Berges hin, die abwechselnd aus dunkel bewaldeten Flächen und helleren nackten Felswänden bestehen. Und im Winter, wenn es leicht geschneit hat und die Wälder ein bisschen weiss überpudert sind, sehe ich den Salève mit seinen Straten aus dunklem Wald und hellem Fels immer wie ein angeschnittenes riesiges Stück Schwarzwäldertorte.

Das Zahnteufelchen

«Na also, das haben wir gleich!», sagte der Zahnarzt ermunternd und packte den Weisheitszahn mit seiner Zange, nachdem er der vor Angst völlig verkrampften Frau eine Spritze verpasst hatte. Die Frau fühlte zwar keinen Schmerz mehr, aber nur schon bei der Vorstellung, dass ein Zahn aus ihrem Mund herausgerissen wurde, hob sich ihr Magen. Ausserdem musste sie mit dem Kopf gegensteuern, damit er nicht hin und her wackelte, während der Zahnarzt den Zahn herauswiegelte.

«Ein Prachtexemplar», verkündete der Zahnarzt schliesslich und hielt ihr den blutigen Zahn wie eine Trophäe vors Gesicht. Aber das war zu viel für die Frau. Es wurde ihr schwarz vor Augen. Der Zahnarzt reagierte sofort. Er liess die Kopfstütze hinunter, öffnete schnell das Fenster und gab ihr einen kräftigen Klaps auf die Wange. Die Frau kam sofort wieder zu sich, aber es war ihr überaus peinlich.

«Entschuldigen Sie bitte, aber ich fühlte mich nicht gut», sagte sie deshalb und wollte sich von der Liege erheben, aber der Zahnarzt drückte sie sanft zurück und sagte:

«Nun bleiben Sie schön liegen, bis Sie sich wieder besser fühlen», und dann schaute er auf ihre linke Wange und meinte scherzhaft: «Man sieht nicht mal den Abdruck!»

Die Frau musste nun auch lachen und der Zahnarzt fragte sie:

«Also, jetzt, wo Sie's überstanden haben, wollen Sie gleich einen Termin für die restlichen drei Weisheitszähne?»

«Ich habe leider meine Agenda nicht bei mir, aber ich werde Sie von zuhause aus anrufen», antwortete die Frau, aber es klang nicht sehr überzeugend.

Der Zahnarzt packte den Zahn in eine Plastikhülle und streckte ihn der Frau entgegen, sie verzog jedoch das Gesicht zur Grimasse und winkte ab: «Den schenk ich Ihnen, es schaudert mich nur schon, wenn ich ihn anschaue!»

«Es ist aber wirklich ein besonders schönes Exemplar», versuchte sie der Zahnarzt zu überzeugen, aber die Frau wollte ihn auf keinen Fall behalten.

«Gut, dann werde ich ihn in meiner Zahnsammlung aufbewahren», sagte der Zahnarzt und drückte der Frau, die inzwischen aufgestanden war, zum Abschied die Hand.

Als sie die Praxis verlassen hatte, setzte sich der Zahnarzt und schaute sich den Weisheitszahn genauer an. Er war grösser als üblich und auch schwerer. Er hielt ihn vor eine Lampe und bemerkte einen schwarzen Schatten im Innern. Was konnte das sein? Der Zahn war frei von Karies und auch sonst gänzlich unversehrt. Da es bereits sieben Uhr abends war und keine weiteren Patienten mehr zur Behandlung angemeldet waren, griff der Zahnarzt zum Bohrer und bohrte ein Loch in den Zahn. Er schien trotz seines Gewichts hohl zu sein. Als er ihn zwischen Daumen und Zeigefinger hielt und ihn von allen Seiten betrachtete, stockte ihm plötzlich der Atem: Etwas Winziges, Schwarzes kroch aus dem Loch! Er griff zur Lupe: Das winzige schwarze Ding hatte vier Glieder, einen Schwanz mit Dreizack und zwei Hörnchen auf dem Kopf! Es gab keinen Zweifel, das konnte nur ein Zahnteufelchen sein! Rasch packte er es mit einer Pinzette und steckte das wild zappelnde Wesen in ein Glas mit

Schraubdeckel. Er konnte es kaum glauben. Die gab es also wirklich, die Zahnteufelchen? Während seiner ganzen Karriere als Zahnarzt hatte er noch nie Gelegenheit gehabt, eines mit eigenen Augen zu sehen, und um die Wahrheit zu sagen, er hatte nie an ihre Existenz geglaubt! Und jetzt sass tatsächlich eines im Glas gefangen vor ihm! Er nahm sich vor, das Teufelchen in seiner Praxis aufzubewahren und es allen Patienten, vor allem natürlich den Kindern, zu zeigen. Bestimmt würde es ihnen grossen Eindruck machen. Allerdings schien das gefangene Exemplar im Weisheitszahn keine Karies verursacht zu haben. Es musste also einzig und allein für die Schmerzen in den Weisheitszähnen, die nichts mit mangelnder Zahnhygiene zu tun hatten, verantwortlich zu machen sein, aber das brauchte er den Patienten ja nicht unbedingt genauer zu erklären.

Am nächsten Tag begann der Zahnarzt seine Arbeit mit einem zehnjährigen Jungen. Der junge Patient kam zur Kontrolle, und der Zahnarzt wollte seine neue Präventionsmethode gleich ausprobieren. Er sprach mit dem Jungen übers Zähneputzen und zeigte ihm dann das Zahnteufelchen, das ihm Löcher in die Zähne bohren würde, falls er seine Zähne nicht fleissig putzen würde. Dem Jungen blieb vor Staunen der Mund offen, als er das Zahnteufelchen im Glas mit der Lupe betrachten durfte, und er versprach dem Zahnarzt, dass er seine Zähne von jetzt an immer ganz regelmässig putzen würde. Da klingelte das Telefon im Nebenzimmer und der Zahnarzt ging ran. Als er nach fünf Minuten wieder zurückkam, waren der Junge und das Glas mit dem Zahnteufelchen verschwunden. Der Zahnarzt ärgerte sich, musste seinen Ärger aber im Zaun halten, da das Wartezimmer um halb neun Uhr morgens nur so mit Patienten überfüllt war. Er nahm sich vor, die Eltern des Jungen baldmöglichst anzurufen und ihn selber zur Rede zu stellen.

Der Junge aber lief mit dem Zahnteufelchen in der Hosentasche nachhause. Dort nahm er hastig das Mikroskop, das er zu Weihnachten geschenkt bekommen hatte, aus dem Schrank. Endlich hatte er ein richtig interessantes Objekt zum Anschauen! Als er den schwarzen Winzling aber unters Mikroskop klemmen wollte, entwischte er ihm in Windeseile und blieb dann natürlich unauffindbar. Der Junge war sehr enttäuscht und ärgerte sich, aber er hütete sich, seiner Mutter, die bald darauf vom Einkaufen zurückkam, etwas davon zu erzählen. Wegen dem schlechten Gewissen, das er dem Zahnarzt gegenüber hatte und weil er sich jetzt vor dem Zahnteufelchen fürchtete, putzte er seine Zähne besonders lang und sorgfältig. Die Mutter, die nichts von ihrem neuen Untermieter ahnte, führte das fleissige Zähneputzen ihres Sohnes natürlich auf den Präventiveffekt, den regelmässige Zahnkontrollen haben, zurück. Den ganzen Tag über suchte der Junge nach dem Zahnteufelchen, aber es war vergeblich: Er hätte geradezu eine Nadel im Heuhaufen suchen können. Bevor er zu Bett ging, verschloss er sich deshalb den Mund vorsichtshalber mit einem Klebstreifen.

Als die Eltern des Jungen zu Bett gegangen waren, kam endlich die Stunde des Zahnteufelchens, das geduldig im Zimmer des Jungen ausgeharrt hatte. Kaum waren die ersten Schnarchgeräusche im Haus zu hören, rannte es ins Elternschlafzimmer und sprang erleichtert in den offenen Mund des Vaters, der laut weiterschnarchte. Aber was für ein Pech! Der Vater hatte alle seine Weisheitszähne schon in jungen Jahren ausreissen lassen. Frustriert hüpfte das Zahnteufelchen wieder aus dem Mund und setzte sich auf das Kopfkissen der Mutter, die leider überhaupt nicht schnarchte. Es dauerte mehrere Stunden, bis die Mutter im Schlaf irgendetwas Unverständliches murmelte. Das Zahnteufelchen, das vor Müdigkeit und Schwäche selber eingenickt war, schaffte es gerade noch, sich zwischen den Lippen der Mutter durchzuquetschen. Freudig zwängte es sich bis zu den Weisheitszähnen durch, schlug mit seinem Dreizack ein Loch in den Zahnschmelz, kroch hinein und verschloss das Loch von innen wieder. Dann machte es sich darin so breit wie möglich, was dazu führte, dass die Mutter beim Aufwachen einen grossen Druck im linken unteren Weisheitszahn spürte und den Beginn eines Migräneanfalls ahnte. Den ganzen Tag über hatte sie Kopfschmerzen, weil sie sich im Geiste bereits auf dem Zahnarztstuhl sah, aber erst als gegen Abend auch noch ihre linke Wange dick anschwoll, entschloss sie sich, den Zahnarzt tatsächlich aufzusuchen.

Der Zahnarzt, der es am vorangehenden Tag schliesslich doch nicht gewagt hatte, die Eltern des Jungen, der ihm das Zahnteufelchen gestohlen hatte, anzurufen, weil er sich nicht lächerlich machen wollte mit seiner unwahrscheinlichen Geschichte, staunte nicht schlecht, als er die Mutter des Jungen höchstpersönlich in seine Praxis kommen sah. Als er aber ihre geschwollene Wange bemerkte, ahnte er, was inzwischen geschehen war. Er verschrieb der Mutter Antibiotika gegen die Schwellung und etwas gegen die Schmerzen und vereinbarte einen Termin für das Ausreissen des linken unteren Weisheitszahnes.

In der Zwischenzeit las der Zahnarzt die ganze einschlägige Fachliteratur erfolglos durch, bis er schliesslich die Idee hatte, in einem Lexikon für Fabelwesen nachzuschlagen, wo er tatsächlich auf folgenden Artikel stiess:

Beschreibung des Zahnteufelchens: ca. zwei Millimeter langes, schwarzes Wesen mit zwei Hörnern und Dreizackschwanz. Gehört zur Gruppe der Parasitenteufelchen. Seltenes Exemplar, lebt vor allem in Weisheitszähnen, wo es oft jahrelang unbemerkt bleibt. Ernährt sich am liebsten von der Angst, die die Menschen vor dem Zahnarzt haben. Je mehr Angst sie haben, desto dicker wird es und desto grösser wird der Druck im Zahn, was bei den Betroffenen zu schlimmen Migräneattacken, die zum Glück für das Zahnteufelchen meistens als psychosomatisch interpretiert werden, führen kann.

Am vereinbarten Termin gab der Zahnarzt der Mutter des Jungen gleich zwei Spritzen, denn er ahnte, dass er es diesmal mit dem Zahnteufelchen schwerhaben würde. Er brauchte zwanzig Minuten, bis er den Zahn endlich ausreissen konnte. Das Zahnteufelchen hatte seinen Dreizackschwanz nämlich im benachbarten Stockzahn verankert, weil es nicht die geringste Lust hatte, schon wieder rausgeschmissen zu werden.

Als der Zahnarzt den Zahn endlich gezogen hatte, hielt er ihn mit der Zange schnell gegen eine Lampe und entdeckte den ihm vertrauten Schatten darin.

«Ich nehme an, Sie wollen den Zahn, der Ihnen solche Schmerzen bereitet hat, nicht behalten?», sagte er deshalb in möglichst neutralem Ton. Die Mutter des Jungen war aber nicht übersensibel und wollte den ausgerissenen Weisheitszahn um jeden Preis nachhause nehmen, weshalb sich der Zahnarzt grosse Mühe geben musste, seine Enttäuschung zu verbergen. Aber er tröstete sich mit dem Gedanken, dass das Zahnteufelchen nun einen Weisheitszahn nach dem anderen befallen würde, und er somit noch eine Chance hatte, wenigstens den letzten Weisheitszahn der Frau in seinen Besitz zu bringen.

Als sie diesen vierten und letzten Weisheitszahn nach vier Wochen endlich ausreissen liess, erzählte sie dem Zahnarzt, sie würde diesen letzten Zahn nun ihrem in der Westschweiz lebenden Neffen schicken, weil es dort üblich war, dass die Kinder ihre ausgefallenen Milchzähne unters Kopfkissen steckten, wo sie dann nachts von einer kleinen Maus gegen ein Geldstück ausgetauscht wurden. Der besagte Neffe war nun schon etwas älter, aber er hatte seiner Tante davon erzählt, dass er unbedingt ausprobieren wolle, ob die kleine Maus auch einen Weisheitszahn zum Tausch akzeptieren würde. Sie wollte ihm diese Freude nicht verderben und schickte ihm den Weisheitszahn mit dem Zahnteufelchen drin.

Somit konnte das Zahnteufelchen in der Westschweiz weiter sein Unwesen treiben, denn als die Mutter des Neffen den unter dem Kissen versteckten Weisheitszahn der Tante um Mitternacht gegen ein Geldstück austauschte, war das Zahnteufelchen bereits ins Elternschlafzimmer geflohen und in den laut schnarchenden Mund des Vaters gesprungen.

Lasagne, Ravioli und Spaghetti

Eine Lasagne herzustellen war eigentlich ein Kinderspiel, fand Aurelia. Man brauchte ja bloss die geeigneten Teigblätter zu besorgen, eine Hackfleisch- und eine Béchamelsauce zuzubereiten und etwas Käse zu reiben. Statt Hackfleisch konnte man problemlos auch eine vegetarische Tomatensauce mit verschiedenem Gemüse oder sogar –das war besonders lecker – mit Steinpilzen verwenden. Die Teigblätter konnte man frisch oder getrocknet kaufen. Und bei den getrockneten hatte man die Wahl zwischen denen, die sieben Minuten im Salzwasser vorgekocht und kurz auf einem Küchentuch zum Abtropfen ausgelegt werden mussten, und denjenigen, die man gleich ungekocht verwenden konnte. Die Saucen mussten bei der Verwendung von Ungekochten einfach etwas flüssiger sein. Und dann legte man in einer ausgebutterten Gratinform Schicht auf Schicht: Teigblatt, Hackfleischsauce, Béchamel und Käse, bis zur letzten Schicht, auf die dann nur noch Béchamel und Käse kamen. Und hopp, in den Ofen zum halbstündigen Überbacken und goldbraun werden! Wie konnte es einem überhaupt nur in den Sinn kommen, eine Fertiglasagne in einer Alu- oder Plastikschale zu kaufen, fragte sich Aurelia. Und wenn man schon so etwas Ekelhaftes kaufte, warum regte man sich dann noch auf, wenn Pferdefleisch statt Rindfleisch drin war? Was änderte es denn, ob ein Pferd oder ein Rind misshandelt, mit Antibiotika vollgestopft und halbtot quer durch Europa bis zum Fleischwolf gekarrt und industriell zwischen die Teigblätter gewurstelt wurde? Was sollte die ganze Aufregung? Warum war dies ein Lebensmittelskandal? Der eigentliche

Skandal war doch, dass solche undurchsichtigen Fertig-
produkte überhaupt hergestellt, verkauft und konsumiert
werden durften, oder dann insbesondere, dass aufgrund
der tierquälerischen und umweltzerstörenden Massen-
tierhaltung ein Grossteil der Menschen noch nicht zum
Veganismus, Vegetarismus oder zumindest Langzeit-
Fleischverzicht übergetreten war. Aurelia selber hatte
diese Konversion zwar auch noch nicht vollzogen, aber sie
trug sich seit einiger Zeit mit diesem Gedanken. Grade Le-
bensmittelskandale flogen in den letzten Jahrzehnten
wirklich mit schöner Regelmässigkeit auf. Da war der
Skandal um das Rindfleisch wegen dem Rinderwahn,
dann jener um das Geflügelfleisch wegen dem Dioxin o-
der den Salmonellen, dann kamen die Listerien im Käse,
und vor nicht allzu langer Zeit verunglimpfte man sogar
die total unschuldigen Gurken wegen einer krankmachen-
den Bakterie, die dann nach der ganzen katastrophalen
Gurkenvernichtung auf Sprossen entdeckt wurde. An einen ganz besonderen Lebensmittelskandal, der schon
vierzig Jahre zurücklag, konnte sich Aurelia nur noch
vage, aber mit einer erstaunlichen Hartnäckigkeit erinnern. Es handelte sich um ein Gerücht, das umging, als sie
Kind war: Als Mitte der siebziger Jahre Charlie Chaplin in
hohem Alter und nach langer Krankheit starb, wurde zwei
Monate nach seiner Beerdigung sein Grab geschändet.
Seine Leiche wurde vom Friedhof in Corsier-sur-Vevey
gestohlen und eine Zeitlang wusste niemand, wo sie war.
Die Täter forderten von den Hinterbliebenen eine halbe
Million Lösegeld, wurden jedoch gefasst. Bevor sie aber
festgenommen wurden, ging eben dieses Gerücht um,
vielleicht war es auch nur ein dummer Witz gewesen, den
sie als Kind irgendwo aufgeschnappt hatte: Charlie Chaplin sei zu Ravioli verarbeitet worden. Als Kind nahm sie

damals todernst, was die Erwachsenen sagten oder was in den Medien berichtet wurde. Sie konnte Ironie, Satire und Wirklichkeit noch nicht so perfekt auseinanderhalten, wie ihr dies im heutigen Internetzeitalter möglich war. Und so beunruhigte sie diese Geschichte damals ernsthaft, denn natürlich liebte sie Charlie Chaplin, vor allem da es zu jener Zeit nur einmal in der Woche einen Kindertrickfilm zu sehen gab: Wicki und die starken Männer, am Samstagnachmittag. Ein Stummfilm mit Laurel und Hardy oder Charlie Chaplin war damals noch ein seltenes Highlight, ja ein innerfamiliäres mediales Event. Charlie Chaplin war im Universum ihrer Kinderzeit deshalb fast genauso berühmt und beliebt wie die Schweizer Skilegende Bernhard Russi. Bei einer Skirennabfahrt mit Russi machte Aurelias Mutter jeweils sogar eine familiengeschichtsträchtige Ausnahme: Aurelia und ihre Brüder durften, da die Rennen immer um die Mittagszeit ausgestrahlt wurden und da es schliesslich um ihren unschlagbaren, sympathischen Nationalhelden ging, sogar mit ihren Tellern vor den Fernseher sitzen und ihre Spaghetti und Russis Rekorde gleichzeitig verschlingen. Bei Charlie Chaplin aber vertrug Aurelia das nicht. Obwohl sie ihn heiss liebte, wollte sie ihn nicht auf ihrem Teller und schon gar nicht aufgespiesst auf ihrer Gabel, sondern einzig und allein am Bildschirm geniessen.

Wasser und Wein

Im Neuen Testament, im Johannesevangelium, verwandelt Jesus bei einer Hochzeitsfeier Wasser zu Wein. Meine Mutter, obwohl sie schon immer eine sehr gläubige Christin und als ich Kind war, sogar noch Katechetin von Beruf war, beherrschte dieses Mirakel zwar nicht, verwandelte aber beides zusammen, also Wasser und Wein, unter Zugabe von etwas Zucker immerhin in die leckerste Kinderlimonade, die es damals in unserer Familie gab. Wie viel Wein auf wie viel Wasser kam, weiss ich auch heute noch nicht, aber auf jeden Fall liebten wir diesen Durstlöscher aus dem grossen Tonkrug, den uns unsere Mutter nur im heissen Sommer auf dem Brünig, auf unserer Wochenend- und Ferienalp, zubereitete, aber davon berauscht hatten wir uns meines Wissens nie gefühlt. «Wiizuckerwasser» hiess das Getränk und das Rezept oder die Tradition stammte entweder aus dem Aargau, wo mein Vater auf einem sehr bescheidenen Bauernhof aufgewachsen war, oder aus Luzern, wo meine Mutter, Tochter eines Malers und einer Kellnerin, ihre Kindheit verbracht hatte.

Stark verdünnten Wein durften wir Kinder also auf dem Brünig ohne Weiteres trinken, hingegen warnten uns unsere Eltern eindringlich vor der gefährlichen Tollkirsche, die prall, dunkelblau und glänzend an den verschiedensten Stellen wuchs und zum Pflücken und zum Verzehr einlud. Wir hatten einen gehörigen Respekt vor dieser Beere und machten einen Bogen darum, wann immer wir sie sahen. Andere Beeren hingegen pflückten wir eifrig: Walderdbeeren, Heidelbeeren, Johannisbeeren und auch Holunderbeeren. Letztere allerdings erntete vor allem unser Vater, kiloweise, mit der Schere, direkt vom Baum, und presste sie dann in einer kleinen Holzpresse zu Saft, der dann, vermischt mit Zucker, zu Sirup gekocht oder später auch mal gefroren zur «gesunden» Wasserglace wurde. Der blutrote Holundersirup schmeckte uns aber auch in gefrorener Form nie so gut wie das «Wiizuckerwasser». Auf die Idee, Holunderschnaps zu machen, kam unser Vater offenbar nicht. Verdünnt und mit Zucker versüsst hätte der unserer Starlimonade vielleicht doch noch das Wasser reichen können. An Festtagen waren wir auch oft auf dem Brünig. An Ostern zum Beispiel oder am Silvester. Vor allem das Verstecken der gemeinsam bemalten Ostereier war auf dem Brünig, mitten in der Natur, ganz besonders amüsant. Meine Mutter hatte bestimmt genauso viel Spass daran, sie für uns Kinder zu verstecken, wie wir Freude am Suchen hatten. Allerdings, bei all den Steinhaufen voller Hohlräume, den Mooskissen, den Mauslöchern, den Haselnusssträuchern und Grasbüscheln fanden wir am Ende nie alle Eier wieder. Erst Jahre später tauchte zu unserer Belustigung hie und da wieder eines dieser buntbemalten Ostereier auf ... Brüchig zwar, aber immer noch farbig und gehörig stinkend, wenn die emsigen Ameisen oder die schleimigen Nacktschnecken es noch nicht ausgefressen hatten. Mit den Nacktschnecken kannten wir Kinder übrigens keine Gnade. Mit Scheren oder mit Salz bewaffnet schnitten wir sie entweder kaltblütig entzwei oder verätzten ihnen die Schleimhaut. Hätten sie schreien können, wäre ihnen unser Mitleid gewiss gewesen, ihr Leiden aber war stumm und grauenhaft wie ihr Tod. Manchmal leerten wir auch ein bisschen von dem Bier, das unser Vater ganz selten auf den Brünig mitschleppte, auf einen Marmeladeglasdeckel, damit sich die Nacktschnecken, vom Geruch angelockt, dem Sauflaster hingeben konnten

– sozusagen als Henkersmahlzeit vor der Guillotine. Sie hatten wirklich kein Glück, die hässlichen Nacktschnecken. Ihr langgezogener, rostbraun glänzender Körper mit dem seltsamen Luftloch vermochte uns nicht zu entzücken, wie es etwa die riesigen Gehäuse ihrer Schwestern, der Weinbergschnecken, taten, die wir gerne sammelten. Für unsere stundenlangen Schneckenrennen wählten wir einzig Schnecken mit wunderschönen gewundenen Häusern aus. Als Jockey setzten wir den ganz grossen manchmal noch eine kleine Schnecke aufs Dach, die je nach Lust und Laune eine Weile oben blieb oder bald das Weite suchte.

Gegen Jahresende hin, mitten im Winter, wenn rund ums Haus hohe Schneemauern waren, gab es etwas anderes, das wir zwar nicht versteckten, es aber vor der Haustür unter dem kleinen Vordach in einer ganz bestimmten kalten Nacht schön kühl hielten: das leckere, selten gegessene, traditionelle «Rollschinkli», das für den Silvesterabend vorgesehen war, denn damals war mein Vater noch nicht voll auf seinem Vegetariertrip, obwohl er zusammen mit meiner Mutter bereits ein paar Are-Waerland-Kurse besucht und mit ihr im Geiste den «Weg zu einer neuen Menschheit» beschritten hatte. An jenem denkwürdigen Silvestermorgen also lag nur noch ein halb angefressenes «Rollschinkli» da, ein Fuchs hatte wohl schon eine Nacht vor uns Neujahr gefeiert, und vor allem wir Kinder waren mächtig sauer auf den Dieb! Da wir ja nicht wussten, ob der Fuchs vielleicht an Tollwut litt, durften wir von dem Angefressenen nichts abschneiden und warfen es wütend in den Wald hinunter. Ich kann mich allerdings überhaupt nicht mehr erinnern, was es an jenem Silvesterabend als Ersatz zum Essen gab. Vielleicht hat unsere Mutter ja ausnahmsweise im kalten Winter

«Wiizuckerwasser» gemischt und dabei die Proportionen von Wein und Wasser etwas verändert ...

Das Froschauge

Das seltsame kleine, runde, leicht glänzende Ding fiel ihm sofort auf. Es war etwas ganz Fremdes, etwas, das es noch nie im Leben gesehen hatte. Und das konnte man also essen? Ja, das Ding musste essbar sein, sonst wäre es nicht auf dem Tisch mit all diesen anderen ungewöhnlichen Sachen, die es so üppig ausgebreitet noch nie gesehen hatte. Wie es wohl schmecken würde? Das Mädchen schnupperte ein bisschen daran, aber allzu nahe konnte es nicht an den Tisch mit seiner Nase, das wäre unanständig gewesen, und einen starken Geruch konnte es von Weitem nicht erkennen. Es liess es also vorerst beim Anschauen. Und zum Anschauen gab's auch sonst genug! Der Tisch war nämlich eine richtige Tafel, extra von einem professionellen Koch für das Quartiersommerfest offeriert, wie die Eltern dem Mädchen erklärt hatten, mit beeindruckend vielen verschiedenen Esswaren, vor allem mit vielen verschiedenen belegten Brötchen und zudem geschmückt mit Früchten wie Ananas, Bananen, Äpfeln, Pfirsichen, Kirschen und Erdbeeren. Die Ananas, doch, die kannte es. Jeweils an Weihnachten bekam sein Vater als technischer Beamter der Gemeinde einen Geschenkkorb von irgendeinem Unternehmen und so eine kostbare, zuckersüsse Ananas war stets dabei. Sonst aber kamen, von den Bananen abgesehen, bei dem Mädchen zuhause keine exotischen Früchte auf den Tisch, dafür umso mehr heimisches, ja aus dem eigenen Garten des Vaters stammendes Gemüse! Das Schlimmste waren die Randen, immer wieder Randen! Wie es sie hasste, diese ekligen Wurzelknollen, die roh geraffelt als Salat wie Holzspäne gemischt mit Erde schmeckten. Blutreinigend seien sie und krebsvorbeugend, aber dafür hasste es sie nur umso mehr, wenn es noch lange am Tisch sass, bis es seine obligatorische Portion endlich zerkaut und runtergewürgt hatte. Anders ging es ihm zum Glück mit dem Vollkornbrot, das seine Eltern zwar nicht selber buken, dafür aber alle paar Wochen per Karton ins Haus liefern liessen, wo sie die Reserve jeweils in den Tiefkühler legten. Das später wieder aufgetaute Brot war also nie so knusprig frisch wie das Weissbrot der Nachbarskinder aus der Bäckerei, aber immerhin war es essbar, im Gegensatz zu den Randen. Und zudem liess sich mit den Nachbarskindern manchmal ein guter Tausch machen. Ein Stück Weissbrot gegen ein Stück Vollkornbrot und es war eine Win-Win-Situation, da die Nachbarskinder zu des Mädchens Verblüffung sein für sie ungewöhnliches und seltenes Vollkornbrot leckerer fanden als ihr tägliches Weissbrot. Brot ass das Mädchen damals, Anfang der 70er-Jahre, sowieso ziemlich viel, denn die oft wiederholte Devise der Mutter lautete: Wenn du Hunger hast, iss ein Stück Brot. Eine sehr vernünftige und gesunde Devise aus der Sicht der Erwachsenen, aber manchmal auch eine etwas frustrierende, wenn das Mädchen sah, wie die nette Tagesmutter, bei der es hie und da gehütet wurde, weil seine eigene Mutter arbeitete und weil die Tagesmutter zudem die Mutter seiner besten Schulfreundin war, jeden Tag einen selbstgebackenen Kuchen auftischte und man sich im Kühlschrank ungefragt mit Limonade bedienen durfte, die es beim Mädchen zuhause nie gab. Was griff es dort herzhaft zu, auch beim Mittagstisch, nicht nur beim süssen Zvieri, und wie freute sich die Tagesmutter über seinen Appetit, da ihr eigenes Töchterchen spindeldünn und jede Mahlzeit ein halbes Drama war, weil sie nichts essen mochte. Das Einzige, was die Tochter wirklich regelmässig ass, waren

Fruchtjoghurts, weil sie die leeren Becher sammelte und sie ineinandergeschachtelt in einer endlos langen Schlange hinter dem Kanapee in der Nähe vom Stubenfenster hortete. Auch etwas anderes sammelte sie noch: Schokoladeosterhasen in allen Grössen, die sie als Nesthäkchen an Ostern von ihren Verwandten geschenkt bekam, die sie aber nie ass, sondern unter ihren Kleidern in den Schubladen und im Schrank versteckte, damit ihr sehr viel grösserer und älterer Bruder, eine richtige Bohnenstange mit Schnauz, sie nicht finden konnte. Lieber liess sie die Schokolade vergammeln. Das Mädchen fand es schade um die verdorbene Schokolade. Ihm selbst wäre das natürlich nicht passiert, es verputzte die Schokolade immer gleich, wenn es welche geschenkt bekam. Am Geburtstag zum Beispiel, aber an jenem Tag bestand der Höhepunkt sowieso nicht in der Schokolade, sondern im Blumenkohl, seinem Lieblingsgemüse, das seltsamerweise und ganz im Gegensatz zu den grässlichen Randen im Garten des Vaters nicht gedieh und das es sich jeweils von der Mutter zu seinem Ehrentag wünschte. Übergossen mit reichlich zerlassener Butter und leckeren Bröseln aus geröstetem Paniermehl! Dieser weichgekochte, zarte Blumenkohl, der dem Mädchen so richtig auf der Zunge zerging, liess es die erdig-holzigen, blutroten Randenknollen eine Weile vergessen. Kein Wunder, dass der Blumenkohl viel besser schmeckte, er trug ja auch einen viel appetitlicheren Namen als die unscheinbaren Randen, fand das Mädchen und fragte sich nun erneut, wie das seltsame grüne Ding auf der Tafel, bei dem ihm vor allem wegen der roten Füllung im runden Loch als einzig treffende Bezeichnung «Froschauge» in den Sinn kam, wohl tatsächlich hiess und wie es denn schmeckte. Es griff also doch beherzt nach dem Zahnstocher, der darin steckte, und schob sich eines dieser rätselhaften Dinger in den Mund. Zum Kauen war es eher weich, doch fester als eine Kirsche, aber der Geschmack war mit nichts Bekanntem zu vergleichen: Sauer und sonderbar und ein bisschen ölig, aber immerhin, mit den Randen konnten es die «Froschaugen», die die Mutter später als Oliven entlarvte, durchaus aufnehmen.

Minus Marotte

Mit ihrem Kater Minu hielt Kathy es wie mit ihren Kindern. Es wurde gegessen, was auf den Tisch kam, also auf den Teller oder in den Futternapf. Extrawürste gab es bei ihnen keine. Wer nicht zufrieden war, ging eben hungrig vom Tisch oder suchte sich, wie im Fall Minus, im Garten selber eine frische Maus oder auch ein zartes Vögelchen. Beides verzehrte der Kater jeweils genau vor dem Hauseingang und liess zum Beweis meistens Füsschen und Schwanz der Maus und als Bonus auch mal ein Nierchen oder einen gewundenen Dünndarm liegen. Oder auch ein paar Federchen und den winzigen Schnabel eines Sperlings. Selbst erlegtes Frischfleisch inklusive Pelz, Knochen und Gedärm schien der Kater sowieso besser zu verdauen als alles andere, denn wenn er hie und da zur morgendlichen Begrüssung vor der Haustür auf den Paillasson kotzte, waren jeweils nur die Bestandteile und die Farbe von Trockenfutter deutlich zu erkennen. Das Trockenfutter gehörte zur Alltagskost und war eine billige Eco-Marke. Nassfutter in Dosen, Aluschalen oder Plastikbeuteln gab es nur ausnahmsweise, wenn ein besonderer Tag war oder wenn Kathy per Post ein Katzenfuttermuster zugeschickt bekommen hatte. Marken-Sheba mit Petersilie auf einem Porzellantellerchen war sowieso völlig out. Und dem Kater, der eigentlich ein lebenslustiger Eunuch war, ging es damit gut – er war nie krank, brauchte sein Leben lang keinen Tierarzt, von der einmaligen Kastration und den jährlichen Impfungen abgesehen – und er hatte auch einen ganz normalen Umfang. Und das leicht nach unten gebogene Blumenkohlohr, das er sich im Alter einmal irgendwo geholt hatte, war längst sein Markenzeichen geworden. Vor allem über Nierenprobleme hatte er nie zu klagen. Davon hörte Kathy nämlich öfters bei anderen Katzenbesitzern, die ihre nierenkranken Tiere manchmal für Stunden ins Badezimmer sperren mussten, um für die Laboruntersuchung mit etwas Glück eine Urinprobe aus dem Lavabo oder aus der Badewanne entnehmen zu können, und wahrscheinlich hing Minus gute Gesundheit auch damit zusammen, dass er stets genügend trank. Normalerweise bekam er Leitungswasser, alle zwei Tage mal gewechselt, denn abgestanden schmeckte es ihm offensichtlich besser als frisch, und hie und da gab's auch einen Spritzer Milch – oder einen Hauch stark verdünnten Halbrahm aus einer ausgespülten Rahmpackung. Das Wasser war dann nur ein bisschen weiss getrübt, aber es reichte, dass sich der Kater draufstürzte. Manchmal aber war es auch nur schon das Geräusch des Rahmfläschchens, das Kathy mit etwas Wasser füllte und schüttelte, das den Kater aus dem Tiefschlaf riss und schnurstracks herbeirennen liess. Ein Irrtum war dabei auch möglich: zum Beispiel wenn Kathy einen halben Liter Salatsauce im Schüttelbecher zubereitete. Das Geräusch liess den Kater ebenfalls in die Küche düsen, und weil Kathy die enttäusche Miene Minus nicht ertrug, gab sie ihm auch mal extra eine kleine Menge Milch oder Rahm in seinen Trinkwassernapf. Ähnliches passierte ihr übrigens auch, wenn sie Kichererbsen in ein leeres Plastikgefäss leerte, um dieses nachher zum Einweichen der Hülsenfrüchte mit Wasser aufzufüllen. Der Kater stürzte herbei, weil er das Geräusch der ins Gefäss fallenden Kichererbsen mit dem Füllen seines Trockenfutternapfes verwechselte, und musste dann natürlich mit etwas verdünntem Rahm getröstet werden.

Eines aber konnte Kathy nicht begreifen: Es gab da eine Tranksame im Haus, die für den Kater Minu alle anderen in den Schatten stellte. Sobald er konnte, stürzte er sich darauf, obwohl sämtliche Hausbewohner ihn dafür laut rügten und ihn mit höchst angewiderter Miene davon wegscheuchten, sobald sie ihn wieder einmal bei seinem Laster erwischten. Sein absolutes Lieblingsgetränk war nämlich das Wasser, das auf der Toilette von der Klobürste mit Halterung ins offene Auffanggefäss tropfte.

Von Palatschinken und Kaiserschmarrn

Mit Palatschinken hatte ich als Schweizerin schon immer ein Problem. Ich fand es seit jeher ein total unmögliches Wort für eine Süssspeise, genauso wie Kaiserschmarrn übrigens. Was hatte dieser kuriose Schinken bei den Desserts zu suchen und was sollte denn dieser Schmarren? Nun gut, beide Wörter gab es bei uns in der Schweiz nicht, ich sah sie als Jugendliche zum ersten Mal auf einer Wiener Menükarte unter den Nachspeisen. Natürlich wurde ich dann aufgeklärt, das Wort Palatschinken sei ein Plural und werde in der Einzahl als Palatschinke ausgesprochen, und vom Schinken war, auch zum Glück für jeden Muslim übrigens, keine Spur. Auch der Schmarren habe in Österreich einfach eine zusätzliche Bedeutung, eine kulinarische eben, und diese stehe im Duden sogar an erster Stelle bei der Bedeutungserklärung. Der Schmarren ist auch wirklich eine süsse Mehlspeise, eine Art dickere Palatschinke, die in Stücke zerrissen und mit Puderzucker, das heisst in Österreich natürlich mit Staubzucker, bestreut und mit Kompott angerichtet wird. Die Palatschinke ist hingegen das, was wir in der Deutschschweiz ganz banal eine Omelette nennen, also ein flacher, in der Bratpfanne gebackener Eierkuchen, den man in unserer Deutschschweizer Küche sowohl pikant wie süss füllen kann, mit einer würzigen Pilzrahmsauce zum Beispiel, aber auch mit Konfitüre. In der Westschweiz und in Frankreich ist es aber eher eine *Crêpe*, die man meistens süss verzehrt, mit Zucker überpudert, mit Konfitüre oder mit Nutella bestrichen. In Frankreich kann man *Crêpes* übrigens an manchen Ständen auf der Strasse kaufen. Einen Omelett-Stand wird man meines Wissens in der Deutschschweiz hingegen vergeblich suchen. Im Internet aber lässt sich feststellen, dass es in Österreich durchaus mobile «Palatschinkenkuchl» oder Lokale gibt, die sich auf pikante wie süsse Palatschinken spezialisiert haben. Zweifellos können die Österreicher ihre Eierkuchen auf tausendundeine Art ganz wunderbar zubereiten, aber wenn man der Etymologie der Palatschinke einmal auf den Zahn fühlt und im Duden nachschlägt, wird man nicht ohne Befremden feststellen, dass Palatschinke vom Ungarischen *palacsinta*, vom Rumänischen *plačinta*˘und somit vom Lateinischen *placenta*, also vom Wort *Plazenta* kommt. Falls es einem dabei den Appetit verschlägt, blättert man im Duden am besten noch ein paar Seiten weiter bis zum Eintrag *Plazenta* und kann dann erleichtert aufschnaufen und weiteressen, da dieses lateinische Wort seinerseits aus dem Griechischen *plakoũnta*, dem Akkusativ von *plakoũs* stammt, was *flacher Kuchen* bedeutet.

Furchtlos zum Zahnarzt

Die junge Frau öffnet das kleine, schmucke eiserne Gartentor und geht über den Kiesweg bis zur Haustür. *Kommen Sie herein und lassen Sie all Ihre Furcht draussen*, steht auf einem gut sichtbaren Schild, das an der Holztür befestigt ist. Etwas zögernd klingelt die Frau, dreht am Knauf und tritt in einen Flur, dessen Wände grünbraun tapeziert sind. Links von ihr geht eine Tür auf und der Zahnarzt wünscht ihr kurz einen guten Tag. Er entschuldigt sich ausserdem, sie müsse noch etwas Geduld haben. Er zeigt ihr das Wartezimmer und verschwindet wieder im anderen Raum. Die Frau setzt sich auf einen der Stühle, hört dabei das unangenehme Surren des Bohrers und spürt, wie es ihr kalt über den Rücken läuft. Um sich zu zerstreuen, blättert sie in den Zeitungen, die auf dem niedrigen Tischchen liegen. Einige sind auf Französisch, andere auf Arabisch. Das wundert sie nicht, denn der Zahnarzt ist Jordanier und die meisten seiner Patienten sind Immigranten aus arabischen Ländern, vor allem aus Nordafrika. Sie selbst kommt ursprünglich aus der Deutschschweiz, wohnt aber schon seit Jahren in der Romandie. Der Zahnarzt ist ihr empfohlen worden und sie weiss natürlich, dass die Behandlungskosten in Frankreich allgemein viel weniger hoch sind als in der Schweiz. Als sie hört, wie sich der Zahnarzt lachend und mit «As-Salam», also kurz für «Friede sei mit dir», von seinem Patienten verabschiedet, legt sich ihre Nervosität schon etwas. Gleich darauf öffnet der Zahnarzt die Tür des Wartezimmers, die nur angelehnt war, und bittet die junge Frau in seinen Behandlungsraum. Die verstellbare Patientenliege mit den Bohrern und den anderen Folterwerkzeugen, die in Griffnähe befestigt sind, steht mitten im Raum. Aus einem Transistorradio, das auf dem Fenstersims steht, erklingt orientalische Musik, Teil des Programms von Idaa at-Scharq, des beliebten orientalischen Senders in Frankreich. Die Musik ist ihr vertraut, den Sender kennt man auch in der Westschweiz, genauso wie die arabischen Zeitungen im Wartezimmer. Sie setzt sich auf den Stuhl und der Zahnarzt bindet ihr die Papierserviette um. Auf seine Frage, warum sie zu ihm gekommen sei, antwortet sie, sie wünsche eine Kontrolle. Darauf bittet er sie, den Mund zu öffnen, und prüft Zahn um Zahn auf Karies, während sie mit einem Fuss leicht im Takt der Musik wippt, um sich abzulenken. Nach einer Weile hält ihr der Zahnarzt einen kleinen Spiegel hin, der von messinggelben geschwungenen Verzierungen umrandet ist, um ihr zu zeigen, an welcher Stelle sich ihr Zahnfleisch etwas entzündet hat. Dazwischen fragt er sie, ob sie Idaa at-Scharq kenne.

«Ja, natürlich», antwortet die junge Frau, «ich höre ihn jeden Tag zu Hause. Aber eine Zahnkontrolle mit Musik, das hatte ich noch nie. Und ich war auch noch nie in einer Praxis, die in einem so netten kleinen Haus mit einem schönen Garten drumherum lag. Herrlich ist der Blick vom Fenster auf die grüne Wiese! Und das mitten in der Stadt.»

«Ja, nicht wahr?», antwortet der Zahnarzt, «leider werde ich aber meine Praxis in ein anderes Quartier verlegen müssen, denn dieses hübsche Haus wird bald abgebrochen. Es ist jammerschade darum, aber ich kann nichts dagegen machen, da der Mietvertrag auf Ende Jahr abläuft. Im neuen Quartier werde ich dafür nicht weit entfernt von meiner Frau und meinen Kindern sein, das freut mich.»

«Wie viele Kinder haben Sie denn?», fragt die junge Frau.

«Drei! Gestern war ich schlitteln mit den zwei Grösseren. Wir hatten einen Heidenspass. Haben Sie auch Kinder?»

«Nein, so weit sind mein Mann und ich noch nicht. Wir warten, bis ich mein Studium beendet habe.»

«Was studieren Sie denn?»

«Arabistik und Germanistik.»

«Ah, interessant, dann hatten Sie ja genau die richtige Lektüre im Wartezimmer», sagt er lachend, und fährt fort: «Wenn Sie also Studentin sind, werden Sie mir bestimmt sehr genau zuhören.»

Sie nickt schmunzelnd und er sagt:

«Also, zu Ihrem Zahnfleisch müssen Sie unbedingt besser Sorge tragen. Ich werde Ihnen gleich zeigen, wie Sie sich die Zähne richtig putzen müssen.»

Er bittet die junge Frau, vom Behandlungsstuhl aufzustehen und vor seinem Büro Platz zu nehmen. Er selbst verschwindet schnell ihm Nebenzimmer und kehrt kurz darauf mit einem Besen in der Hand in den Behandlungsraum zurück.

«Sehen Sie», sagt er zu seiner Patientin, «Sie dürfen Ihre Zähne nicht mit kreisförmigen Bewegungen putzen, auch wenn Sie das früher vielleicht in der Schule bei der Kariesprophylaxe so gelernt haben. Auf diese Weise verstopfen Sie bloss die Zwischenräume. Sie wischen zuhause den Staub doch auch nicht mit kreisförmigen Bewegungen zusammen.»

Während er spricht, demonstriert er seine Ratschläge so anschaulich mit dem Besen, dass die Patientin lachen muss. Hatte sie je schon einmal gelacht bei einem Zahnarzt?

«Warum lachen Sie denn?», fragt der Zahnarzt. «Mir ist es ernst damit, genau wie mit dem Zahnbelag. Haben Sie auch schon mal Brot gebacken? Was braucht man denn dazu?»

«Natürlich Mehl, Wasser, Salz und Hefe. Sie glauben es mir vielleicht nicht, aber ich backe mein Brot wirklich fast immer selbst. Vollkorn!»

«Na also! Damit Zahnbelag überhaupt zustande kommt, braucht es auch mehrere Zutaten: Nahrungsreste und Speichel. Beides zusammen fermentiert in den Zwischenräumen der Zähne und wird zu einem klebrigen, zähen Brotteig, äh Zahnbelag. Übrigens, da wir schon von Brot sprechen. Möchten Sie einen Kaffee und ein paar Kekse?»

Die Patientin ist völlig perplex und antwortet lachend: «Ja gern. Wenn es Ihnen keine Umstände macht. Haben Sie denn noch etwas Zeit? Ich will Sie ja nicht länger als nötig aufhalten.»

«Aber natürlich habe ich Zeit. Sonst würde ich Ihnen den Kaffee doch nicht anbieten. Da erinnern Sie mich an einen Schweizer, der kürzlich bei mir in Behandlung war. Er schien sehr nervös und schaute dauernd auf die Uhr. Schliesslich fragte ich ihn, was er denn auf dem Herzen habe, und er meinte, ich solle doch endlich aufhören zu plaudern, da ich ihm bestimmt jede Minute meiner kostbaren Zeit berechnen würde, und das käme ihn zu teuer. Sehen Sie, so denken die Schweizer. Es käme mir doch nie in den Sinn, die Behandlungsdauer in Rechnung zu stellen. Bei mir zählt natürlich bloss die Behandlung selbst, egal wie viel Zeit ich dafür brauche.»

Die Patientin fühlt sich in ihren Gedankengängen ertappt und versucht, die Haltung des Schweizers zu erklären:

«Ja, wissen Sie, in der Schweiz läuft es tatsächlich so ab in den Praxen der Zahnärzte und der Ärzte ganz allgemein. Die sind ständig im Stress und haben kaum Zeit für ein persönliches Wort oder eins, das über das Thema Krankheit hinausgeht. Und dass Sie mir nun sogar einen Kaffee anbieten, das finde ich wirklich sehr nett von Ihnen. In der Schweiz bekommen Sie höchstens beim Friseur einen Gratiskaffee, falls Sie lange genug sitzen bleiben für eine kostspielige Dauerwelle.»

«Ja, mir scheint, die Schweizer sind nicht so bekannt für ihre Gastfreundschaft wie die Araber.»

«Da gebe ich Ihnen wirklich Recht.»

«Kehren wir nun aber zu Kaffee und Keksen und zu Ihren Zahnfleischproblemen zurück.»

Ohne eine Erwiderung seiner Patientin abzuwarten, geht der Zahnarzt ins Nebenzimmer und holt ein Tablett mit zwei Tassen, einer Thermoskanne mit heissem Wasser, Nescafé und einer Büchse Kekse. Er schiebt ein paar Dossiers auf dem Bürotisch beiseite und stellt das Tablett mitten auf den Tisch. Er fordert seine Patientin auf, herzhaft zuzugreifen. Er selbst steckt sich einen Keks in den Mund und kaum hat er ihn aufgegessen, bittet er seine Patientin, ihm zum Lavabo zu folgen.

«Das wollte ich Ihnen auch noch zeigen. Sie müssen sich immer gut den Mund spülen, bevor Sie die Zähne putzen. So wird bereits ein grosser Teil der Nahrungsreste fortgespült.»

Kaum hat er seinen Satz beendet, beugt er sich über das kleine Waschbecken, lässt Wasser in seinen Mund fliessen, lässt es darin zirkulieren und spuckt es schliesslich ins Becken, wobei sich die braunen Kekskrumen gleichmässig und sehr anschaulich auf dem Weiss des Beckens verteilen.

Die junge Frau muss sich ernsthaft das Lachen verbeissen, setzt sich aber wieder mit dem Zahnarzt an seinen Bürotisch, lässt sich Nescafé-Pulver in die Tasse geben und heisses Wasser einschenken. Dann greift sie
ebenfalls nach einem Keks, ohne dem Zahnarzt aber
gleich über dem Lavabo vorzuführen, dass sie die
Mundspülanleitung durchaus verstanden hat. Später
bezahlt sie die halbstündige Konsultation inklusive
Kaffeekränzchen cash: Sie kostet 117 französische
Francs, umgerechnet rund zwanzig Schweizer Franken,
fünfzehn Velominuten von der Schweizer Grenze entfernt.

Paris-Brest

Sie war schon immer eine Person gewesen, die alles bis ins kleinste Detail plante. Und Ziele, die sie sich steckte, erreichte sie immer! Manchmal brauchte sie einfach etwas mehr Geduld als vorgesehen. So hatte sie sich auch diesmal alles genau, und zwar monatelang vorher ausgerechnet, zumal sie ihr Vorhaben ganz allein – ja das vor allem: ganz allein – durchführen wollte. Es war schliesslich auch ihr ganz persönliches, individuell auf sie abgestimmtes Ziel. Eines, worauf sie sich schon seit geraumer Zeit freute und vorbereitete. Eines, das perfekt in ihre Planung und auf ihre neuentdeckte Disziplin passte! Eines, mit dem sie sich selber ein Geschenk machen wollte! Über die nötige Ausrüstung (aber auch über die unerlässliche Motivation) verfügte sie bereits: Strassenkarte, Navi-App auf dem Smartphone, High-Tech-Puls- und Herzfrequenzmesser, hochelastische, superdehnbare Shorts mit eingearbeiteter antibakterieller Po-Polsterung, farblich dazu passendes atmungsaktives Trikot mit Reissverschluss, Handschuhe mit Mikroperforierung und patentierter Polsterung der Daumenbeuge, Veloschuhe mit glasfaserverstärkter Nylonsohle zur besseren Kraftübertragung, ultraleichter Endurohelm mit integrierten Fliegengittern und natürlich das Cervelo-Bike mit anatomischem Royalgel-Sattel zur Schonung der empfindlichen Körperbereiche. Eine kleine Handpumpe, Flickmaterial, eine Wasserflasche und ein leichter Rucksack, in dem sie Letzteres verstaute, vervollständigten ihr Equipment.

Bevor sie zuhause die Tür abschloss, bereitete sie alles für ihre Rückkehr vor, die sie gehörig feiern wollte. Der alte Küchentisch bekam ein neues Tischtuch, das teure

Porzellan ihrer verstorbenen Grossmutter, das Silberbesteck und die schicken Stoffservietten wurden hervorgeholt, die Kaffeemaschine wurde mit frischen Bohnen und entkalktem Wasser aufgefüllt und ein kleiner, frischer Blumenstrauss kam auf die Mitte des Tisches und rundete das einladende Bild ab. Dann war sie endlich vollends bereit für ihren Paris-Brest-Trip!

Beim schönsten Sonnenschein schwang sie sich auf ihr Velo und verliess ihr kleines, verschlafenes Dorf – in dem es seit ihrer Ankunft vor einem Jahr nicht einmal mehr eine Post gab, geschweige denn eine Bäckerei – Richtung Stadt. Nach ein paar Kilometern, die sie bereits gehörig zum Schwitzen brachten, erreichte sie den Stadtrand, wohin immerhin ein City-Tram fuhr. Sie befand, es sei leichter, den Tramschienen zu folgen, als sich auf die nervende Stimme ihres Navis zu konzentrieren, aber als sich beim Eingang in die Stadt mehrere Tramlinien kreuzten, blieb sie, weil sie eben im Velofahren weniger geübt war, als sie es sich vorgestellt hatte, mit ihrem Vorderrad ziemlich unglücklich in einer Schiene stecken und stürzte auf den Asphalt. Etwas benommen rappelte sie sich wieder auf, klopfte sich den Staub von ihrem Trikot und erinnerte sich plötzlich daran, dass sie das Veloschloss zuhause vergessen hatte. Darüber regte sie sich mehr auf als über ihren Sturz, der zum Glück abgesehen von ein paar blauen Flecken glimpflich abgelaufen war. Ohne Veloschloss konnte sie ihre Fahrt unmöglich fortsetzen, bei der enorm hohen Velodiebstahlstatistik in den Städten! Das konnte sie nicht riskieren mit ihrem Cervelo-Bike. Sie musste nochmals umkehren.

Seufzend fuhr sie auf dem gleichen Weg zurück, auf dem sie gekommen war, aber als sie vor dem Dorfeingang zum überwachten Bahnübergang kam, waren die Barrieren gerade hinuntergelassen worden und sie musste eine Ewigkeit warten, bis der ellenlange Güterzug vorbeigefahren war. Sie versank einen Moment in ihren Gedanken und dachte über ihr Vorhaben nach. Plötzlich kamen ihr Zweifel. Ob sie überhaupt am richtigen Tag und zur richtigen Zeit unterwegs war? Ob sie die Route im Internet auch korrekt herausgesucht und ihr Ziel mit Google Maps richtig visualisiert hatte? Und ob sie zur Sicherheit nicht vorher hätte anrufen und sich über den Paris-Brest hätte informieren sollen?

Endlich gingen die Barrieren wieder hoch und sie konnte ihren Weg zurück nachhause fortsetzen. Kaum hatte sie ihr Veloschloss in ihrer Wohnung geholt, fuhr sie doppelt so schnell zurück zur Stadt. Den Weg kannte sie ja nun.

Sie raste geradezu, passte aber diesmal besser auf, als sie bei den Schienen vorbeikam. Danach schaltete sie wieder ihr Navi ein, denn die genaue Adresse hatte sie nur im Internet gesehen, vor Ort aber war sie noch nie gewesen. Endlich fand sie sie, nach mehreren Fahrminuten!

Mit vor Schwäche zitternden Beinen stieg sie von ihrem Velo, fixierte es diebstahlsicher an der Stange des Veloständers, der in einigem Abstand vor dem gesuchten und gefundenen Schaufenster stand, warf einen Blick auf die App ihres Smartphones, die dank dem Aktivitätstracking-Band sekundenschnell ihren Energieverbrauch ausrechnete, lächelte erleichtert und auch ein bisschen stolz über ihre Leistung, trat über die Schwelle ins klimatisierte Innere des Ladens, strahlte wie ein Maikäfer und wählte sich in der Auslage aus all den wohlgeordneten Leckereien aller Gattungen ihr aus Brandteig gebackenes, leicht mit Puderzucker bestäubtes, mit gerösteten Mandelblättchen bestreutes und mit Pralin-Buttercreme gefülltes und deshalb sehr kalorienreiches Ofenküchlein in Form eines Rads aus, das 1910 im Auftrag von Pierre Giffard, dem Initiator des legendären Velorennens zwischen den Städten Paris und Brest, von einem Pariser Patissier kreiert und seither als «Paris-Brest» zum Klassiker der französischen Patisserie wurde.

Hirn in Scheibchen

Also, Hirn ist etwas, was ich nie essen würde, auch in winzige Scheibchen geschnitten nicht. Kalbshirn hat früher meinem Grossvater geschmeckt wie auch Schweinefüsse, «Gnagi» genannt, beides aber wollte ich nie probieren, selbst meinem Grossvater zuliebe nicht. Natürlich waren beide Spezialitäten nicht gerade die teuersten Stücke und sicher boten sie eine willkommene Abwechslung auf dem sonst einfachen, aber leckeren Speisezettel meiner Grosseltern in Luzern. Allerdings, vom Aussehen her hat das Hirn ja eine gewisse Verwandtschaft mit einem Blumenkohl, vor allem in Form eines Querschnitts, und dieser war in meiner Kindheit immerhin mein Lieblingsgemüse. In meiner Jugend dann konnte ich Menschenhirnquerschnitte auf meinem Gymnasium hie und da in Ruhe betrachten, denn irgendwo in den Gängen des Mitteltraktes gab es ein paar Vitrinen, in denen diverse anatomische Objekte ausgestellt waren. Auch ein voll ausgewachsenes, dunkelgraues Menschenhirn schwamm dort halbiert in irgendeiner Flüssigkeit herum. Biologie fand ich während meiner Schuljahre am Gymnasium an sich sehr interessant, aber beim Sezieren der Fische und dem eingehenden Studieren ihrer Kiemen und ihrer Augen hielt sich meine Begeisterung in Grenzen. Im Rahmen des Biologieunterrichts machten wir in den 80er-Jahren, noch vor der denkwürdigen Katastrophe in Schweizerhalle, auch einmal einen Schulausflug nach Basel. Wir waren von Ciba-Geigy eingeladen worden, bekamen eine interessante Extra-Führung durch diverse Labore und ein leckeres Gratismittagessen im Betriebsrestaurant. Sonst sahen wir nicht viel von Basel, dafür reichte die Zeit nicht, und tatsächlich kannte ich diese Stadt auch sonst kaum, ausser von einem einmaligen Besuch an der Muba und im Basler Zoo, als ich noch ein Kind war. Dann hatte ich auch einen Onkel, der eigentlich in Luzern aufgewachsen war wie alle Verwandten mütterlicherseits, der aber später lange in Basel lebte und zu meinem Erstaunen in dieser Zeit nicht nur den Basler Dialekt so richtig annahm, sondern sogar auch bei der mir am Fernsehen so fremd vorkommenden, auf mich sehr brav und deshalb auch ein bisschen langweilig, ja wegen den vielen Trommeln und Piccoloflöten gar eintönig wirkenden Basler Fasnacht mitmachte, die mit unserer wilden, überschäumenden Luzerner Fasnacht doch so gar nichts gemeinsam hatte. Den originellen Schnitzelbänken aber konnten wir Luzerner Fasnächtler tatsächlich nichts entgegenhalten, dafür aber der typischen kulinarischen Basler Spezialität, den «Basler Leckerli», die ja eigentlich so etwas wie kleine, eher harte Lebkuchen waren und nichts mit der Fasnacht zu tun hatten. Auch Luzern hatte seinen berühmten Lebkuchen, der allerdings wie ein richtiger runder Kuchen oder wie ein Cake aussah, viel weicher war als die Basler Leckerli und den man mit Schlagrahm oder sogar Butter auf einem Teller servierte. Im Gegensatz dazu waren die Leckerli kleine, flache Rechtecke, eigentlich eine Art Kekse, die auf dem Blech geschnitten und dünn mit Zuckerguss glasiert wurden. Damals, beim Nachhausefahren mit meinen Schulkollegen im Zug von Basel nach Luzern, naschte ich natürlich von den Basler Leckerli, die ich mir am Bahnhof vor dem Einsteigen noch schnell gekauft hatte, aber eigentlich wollte ich damit nur meine denkwürdigste und mich heute noch hie und da verfolgende Assoziation mit Basel verdrängen – die Erinnerung an die Laborangestellten bei Ciba-Geigy nämlich, die zwecks Erforschung eines chemischen Wirkstoffes Hirnchen von Labormäusen in hauchdünne Scheibchen geschnitten und uns dies eindrücklich demonstriert hatten.

Der Frosch

Es war einmal ein König, der hatte eine Krone auf dem Kopf und mehrere Exemplare davon im Mund. Und eine Tochter hatte er auch. Weil sie so verwöhnt war und am liebsten nur Bonbons und andere Süssigkeiten ass, mussten ihr schon im zarten Kindesalter alle Milchzähne gezogen werden. Natürlich bekam sie ein Luxusgebiss aus purem Gold, um ihre zahnlose Existenz bis zum Nachwachsen der zweiten Zähne zu überbrücken. Wenn sie jeweils den Mund öffnete, strahlten ihre Zähne so stark, dass der König eine Sonnenbrille aufsetzen musste, damit er sein verwöhntes Töchterchen überhaupt anschauen konnte. Am liebsten spielte die Tochter am Schlossbrunnen mit ihren Zahnbürsten. Sie hatte eine ganze Sammlung davon, die sie natürlich nie benutzte, weil sie lieber damit jonglierte. Ihre drei Lieblingsbürsten waren aus Gold, Silber und Bronze, und weil sie so handlich waren, eigneten sie sich besonders gut zum Jonglieren. Damit sie prüfen konnte, ob sie es schaffte, drei Minuten fehlerlos zu jonglieren, stellte sie jeweils ihre eiserne Sanduhr auf den Brunnenrand. Eines Tages, als sie wieder einmal fleissig jonglierte, fiel ihr die bronzene Zahnbürste in den tiefen Brunnen. Darüber war sie natürlich todunglücklich, denn mit zwei Zahnbürsten konnte sie unmöglich jonglieren. Weinend sass sie am Brunnenrand, als plötzlich ein grosser Frosch neben sie hüpfte. Er schaute sie mit seinen grossen Augen und dem zahnlosen Maul an und quakte:

«Kann ich dir helfen, schöner Goldmund?»

Die Prinzessin war sehr erstaunt, dass der Frosch sogar ohne Zähne verständlich sprechen konnte, und sie erzählte ihm ihr Unglück. Der Frosch anerbot sich, die

Zahnbürste aus dem Brunnen heraufzuholen, aber nur unter der Bedingung, dass er sie dafür in ihr Schloss begleiten dürfe. Sie war einverstanden, und der Frosch holte die Zahnbürste herauf. Sie bedankte sich hastig und eilte zum Schloss, ohne sich auch nur ein einziges Mal umzudrehen. Der Frosch folgte ihr, aber sie schlug ihm das Tor vor der Nase zu.

Am anderen Tag jonglierte sie wieder beim Brunnen und prompt fiel ihr die silberne Bürste hinein. Der Frosch kam wieder. Diesmal holte er sie unter der Bedingung herauf, dass er ihr beim Zähneputzen zuschauen dürfe. Aber kaum hatte die Prinzessin ihre Bürste wieder, eilte sie zum Schloss und knallte das Tor zu.

Am dritten Tag verlor die Prinzessin die goldene Bürste, und auch diesmal hüpfte der Frosch herbei. Seine Bedingung bestand darin, dass sie ihm danach ihr goldenes Gebiss leihen müsse. Die Prinzessin versicherte ihm, sie würde ihr Versprechen diesmal ganz bestimmt einhalten, aber kaum hatte sie die Bürste, rannte sie schnell zum Schloss zurück. Jetzt aber liess der Frosch nicht locker. Er folgte ihr in einigem Abstand und schlug die eiserne Sanduhr, die die Prinzessin diesmal in der Eile vergessen hatte, mit einer solchen Wucht an das goldene Schlosstor, dass es im ganzen Schloss nur so dröhnte und der König höchstpersönlich am Tor erschien. Dort entdeckte er den Frosch, der ihm von den Versprechen seiner Tochter erzählte. Der König wurde böse und befahl seiner Tochter, ihre Versprechen sofort einzulösen. Der Frosch setzte sich also zur Prinzessin an den Tisch und wartete, bis sie fertiggegessen hatte und sich eine Tube Zahnpasta, ein Glas Wasser, Zahnseide, Dentalsticks und die goldene Zahnbürste bringen liess. Dann schaute er ihr interessiert und leise lächelnd zu, wie sie ihr goldenes

Gebiss aus dem Mund nahm und es auf Hochglanz putzte. Als die Prinzessin endlich damit fertig war, angelte sich der Frosch das glänzende Gebiss mit seiner klebrigen Zunge und setzte es sich ins Maul. Es passte ihm wie angegossen, sogar ohne Haftcreme. Kaum war dies geschehen, wuchsen der Prinzessin auf einmal die zweiten Zähne nach. Sie waren zwar wunderschön weiss, wie wenn sie soeben gebleacht worden wären, aber einige hatten Haare drauf und ausserdem kamen alle gleichzeitig und in alle Himmelsrichtungen. Die Zahnstellung war so furchtbar, dass die Prinzessin nicht einmal mehr den Mund schliessen konnte. Der Frosch verspeiste indessen mehrere Gänge, wobei er kräftig zubiss, hörbar kaute und zwischendurch freudig mit den Zähnen klapperte. Nun wollte er auch noch einen Kuss von der Prinzessin mit den strahlend weissen Zähnen, aber das lehnte sie ab, obwohl ihr sogar die Weisheitszähne gewachsen waren. Als er trotzdem ganz nah zu ihr hüpfte, ergriff sie ihn schaudernd und schmiss ihn mit aller Kraft an die Wand. Es gab einen furchtbaren Knall, als das Gebiss aus schwerem Gold an der Wand aufschlug und die goldenen Zähne nur so herumspickten, aber da verwandelte sich der Frosch in einen blendend aussehenden jungen Mann in weissem Gewand, eleganten Latexhandschuhen und mit strahlendem Lächeln. Der Speisesaal, in dem sie sich befanden, verwandelte sich in eine ultramoderne Zahnarztpraxis mit allen Schikanen. Der König und die Prinzessin brachten vor Erstaunen den Mund nicht mehr zu, aber das kam dem jungen Mann gerade recht. Endlich konnte er als Zahnarzt wieder seinem Beruf nachgehen, den er seit Jahren nicht mehr hatte ausüben können. Im Jahre 2007 war er nämlich von einer esoterisch angehauchten Patientin, die er während einer Wurzelbehandlung freundlich auf ihren Mundgeruch aufmerksam gemacht hatte, verwünscht und in einen zahnlosen Frosch verwandelt worden. Seither hatte er auf den Tag gewartet, an dem er von seiner zahnlosen Existenz befreit und in seine frühere Gestalt zurückkehren würde. Er beugte sich über die Prinzessin mit der haarsträubenden Zahnstellung, die nun auf einem Behandlungsstuhl sass wie ihr Vater, gab ihr ohne Vorwarnung eine Spritze, riss einige Zähne und in kluger Voraussicht alle auf den übrigen Zähnen frisch gesprossenen Haare aus und verpasste ihr eine High-Tech-Spange. Dann wandte er sich zum König, der immer noch mit offenem Mund verharrte, und bat ihn um die Hand seiner Tochter, die ihm nicht nur als Frau, sondern auch als zukünftige Dentalhygienikerin gelegen käme, da es ihm schon immer an einer Praxishilfe gemangelt hätte und seine Tochter so endlich lernen würde, wie wichtig regelmässiges Zähneputzen sei. Der König konnte mit seinem offenen Mund nur «Aaaa» artikulieren, was der junge Zahnarzt als deutliches «Jaaaaa» interpretierte. Da das Küssen auf den Mund wegen der Spange nun nicht gut möglich war, hauchte der junge Zahnarzt der erstaunten Prinzessin einen Kuss auf die Wange, griff zum Handy und informierte seine Mutter über seine Rückkehr und die baldige Hochzeit.

In wenigen Tagen war die Hochzeit organisiert. Die Prinzessin genierte sich zwar wegen ihrer Spange, aber der Zahnarzt versicherte ihr, die in der Zeitung publizierten Hochzeitsfotos mit ihrem reizenden Lächeln mit Metallvorbau seien die beste Werbung für seine Praxis und somit für ihre zukünftige, gemeinsame Existenz. Sie bekamen viele Kinder, denen sie immer wieder erzählen mussten, wie schicksalhaft ihre Begegnung gewesen war, und mit der Zeit sprach sich ihre Story sogar in sämtlichen Zahnarztkreisen herum, weshalb manche Zahnärzte auch noch heute Glasvitrinen mit Froschsammlungen in ihren Praxen aufstellen.

Knacknüsse

Der Verdacht

Als sie den schicken roten Filzhut in der Tiefkühltruhe sah, bekam sie eine Sekunde lang weiche Knie. O Gott, was ist denn los mit Mutter? Waren das nun die ersten unverkennbaren Anzeichen? In Sekundenschnelle lief der eindrückliche Dokumentarfilm vor ihrem inneren Auge ab. Erst vor Kurzem hatte sie ihn gesehen. Sie blieb wie erstarrt vor der offenen Truhe stehen, bis sie aus dem ersten Stock das ungeduldige Rufen ihrer Mutter hörte.

«Herzchen, wo bleibst du denn?»

Herzchen? Ach wie süss, dachte sie, aber seit wann rief ihre Mutter sie nicht mehr bei ihrem Vornamen Pandora, der ihr doch so gut gefiel? Sie fühlte, wie ihr trotz der aus der Truhe aufsteigenden Kühle der Schweiss ausbrach.

«Ich komme gleich!», rief sie endlich, packte den Sack mit den tiefgekühlten Erbsen und Karotten, sah dabei gerade noch voller Schrecken den teuren Kopfhörer mit den extraweichen Schaumstoffhörschalen darunterliegen, den sie ihrer Mutter zum achzigsten Geburtstag geschenkt hatte, und warf den Deckel des Tiefkühlers resolut zu. Sie würde diese Gegenstände später aus der Tiefkühltruhe nehmen und sie wieder an den richtigen Platz legen. Am besten wäre es, wenn die Mutter ihre Siesta halten würde. Sie durfte es auf keinen Fall merken. Diese Peinlichkeit wollte sie ihrer Mutter ersparen.

Sie stieg in den ersten Stock hinauf und ging durch die offen gelassene Wohnungstür zurück in die Küche, wo die Mutter am Tisch sass und ein Kreuzworträtsel löste. Zu lösen versuchte?

«Was machtest du denn so lang im Keller?», fragte die Mutter lächelnd.

«Ach nichts, Mama, ich war nur ein bisschen in Gedanken versunken.»

«Passiert dir das auch?», fragte die Mutter und kratzte sich am Kopf. «Weisst, in letzter Zeit denke ich auch sehr lange über vieles nach.»

«Ja?», fragte Pandora vorsichtig.

«Eh ja, man vergisst doch so viel.»

«Findest du?»

«Ja! Ich glaube, ich müsste vieles aufschreiben, damit es nicht für immer verlorengeht!»

«Deine Erinnerungen?»

«Ja, aber auch anderes. Manche Namen bleiben mir nur schlecht.»

«Ach so», beschwichtigte Pandora, «ja, das ist mir auch schon passiert. Das will doch nichts heissen.»

«Wie meinst du das? Was soll nichts heissen?»

Pandora fühlte sich bei ihren eigenen Gedankengängen ertappt und sagte schnell:

«Nichts, nichts! Komm, wir machen jetzt zusammen die Pastetli mit Brätkügelchen und Erbsli und Rüebli.»

«Ja, ja, mach du nur. Mir ist es nicht mehr so ums Kochen in letzter Zeit.»

«Okay, dann mach ich es alleine. Willst du dich vielleicht noch einen Moment aufs Kanapee legen, bis das Essen fertig ist?»

«Ja, ich fühle mich wirklich etwas müde, aber ich geh lieber gleich ins Schlafzimmer.»

Die Mutter stand auf, ächzte ein bisschen wegen ihrem geplagten Rücken und verschwand im Schlafzimmer. Seltsam, dachte Pandora, als sie nun in der Küche den Ofen für die Pastetli vorheizte, in einem Pfännchen die geschmolzene Butter mit dem Mehl verrührte und in einer anderen Pfanne das gesalzene Wasser für das gefrorene Gemüse erhitzte. Sie öffnete den Kühlschrank, holte die Milchpackung heraus und suchte nach den Brätkügelchen, die sie schliesslich im untersten Regal entdeckte, neben vier 700g-Gläsern Mayonnaise mit Zitrone. Du meine Güte! Was wollte ihre Mutter denn mit so viel Mayonnaise? War das ein Hamsterkauf? Oder kaufte sie nun Dinge ein, die sie gar nicht brauchte?

Pandora nahm sich vor, ihre Mutter bei ihrem nächsten Einkauf zu begleiten, goss die Milch in die Pfanne und rührte gedankenverloren darin, bis die Béchamelsauce leicht köchelte. Auch das Wasser für das Gemüse kochte und sie liess die Erbsen und Karotten hineingleiten. Sie würzte die Sauce mit Salz, Pfeffer und etwas Muskat und fügte dann die Brätkügelchen bei.

Seit wann legt sie sich denn nicht mehr auf ihr Kanapee? Sie mag es doch, wenn sie im Halbschlaf die Penderluhr, die über dem Kanapee an der Wand hängt, die Viertelstunden schlagen hört. Es kam ihr geradeso vor, als hätte sich die Mutter absichtlich ganz zurückgezogen. Ja, das Sich-Zurück-Ziehen – hatten sie in dem Dokumentarfilm nicht auch davon gesprochen? Menschen, die an dieser Krankheit leiden, ziehen sich immer mehr von den anderen Menschen zurück, auch von ihren Familienmitgliedern, weil sie merken, dass mit ihnen etwas nicht stimmt und sie es möglichst lange vor der Familie verbergen möchten. Und sie werden mit der Zeit so vergesslich, dass sie die Namen ihrer eigenen Kinder und Ehepartner nicht mehr wissen, ja dass sie sogar ihren eigenen Vornamen vergessen und zum Beispiel allein zum Entgegennehmen eines Telefonats ein Post-it-Zettelchen auf den Hörer kleben, damit sie im entscheidenden Moment lesen können, mit welchem Namen sie sich am Telefon überhaupt vorstellen müssen. Pandora hörte den fertig aufgeheizten Ofen piepsen und schob die Pastetchen auf einem Blech hinein. Aggressiv werden können sie zudem auch. Der Charakter kann sich verändern oder gewisse Charakterzüge können sich auch verstärken. Das immerhin, beruhigte sich Pandora, hatte sie noch nicht festgestellt. Ihre Mutter war die Liebenswürdigkeit in Person. Aber – hatte sie sie bei der Begrüssung vorhin an der Tür nicht etwas weniger herzlich als sonst umarmt? Kam ihr das nur so vor oder war es tatsächlich so? War die Umarmung nicht irgendwie *steif* gewesen? Hatte sie nicht das mulmige Gefühl gehabt, ihre Mutter versuche der Berührung auszuweichen, ja sie strecke ihren Kopf absichtlich zur Seite, um ihr plötzlich nicht mehr zu nahe zu kommen? Pandora versuchte sich die Begrüssung nochmals im Detail in Erinnerung zu rufen. Ja, da war ganz eindeutig etwas anders gewesen als sonst. Sie hatte das nicht geträumt.

Beim Essen, das ihrer Mutter offenbar sehr gut schmeckte, sagte sie unvermittelt zu Pandora:

«Wollen wir das Kanapee nicht wegwerfen?»

Pandora schnappte nach Luft.

«Das alte Kanapee willst du wergwerfen? Warum denn? Ich dachte, du liebst es und es erinnere dich an die Zeit mit Papa!»

«Hm, ja schon, aber das Ding ist alt und man muss sich im Alter ja auch mal vom Materiellen trennen können.»

«Ja, wie du meinst. Es ist deine Wohnung.»

«Eben. Und ich weiss ja auch nicht, ob ich bis zu meinem Tod hier bleiben kann.»

«Aber Mutter», sagte Pandora tröstend, obwohl sie sich in diesem Moment fast als Lügnerin vorkam, «du bist ja wirklich bei bester Gesundheit. Du kannst bestimmt noch lange in deiner eigenen Wohnung leben.»

«Ich hoffe es», sagte ihre Mutter und fügte dann bei: «In letzter Zeit sehe ich auch immer schlechter, bring mir doch mal eine Lupe mit.»

«Wir können auch einen Termin beim Augenarzt abmachen und dann bekommst du eine stärkere Brille.»

«Ach, Brillen sind teuer und zum Arzt mag ich nicht gehen. Bring mir vorerst einfach eine Lupe, das reicht schon.»

«Dein Augenarzt ist aber doch sehr sympathisch.»

«Ja, aber ich *will* jetzt nicht zu ihm», antwortete ihre Mutter ziemlich resolut und Pandora versprach ihr eine Lupe bei ihrem nächsten Besuch.

Als Pandora am anderen Morgen den extrem fruchtigen Duft ihrer Fusscrème roch, mit der sie sich nach dem Duschen die trockenen Füsse eincremte, brach sie plötzlich in hysterisches Lachen aus. Nein aber auch! Wer hatte denn da ein Problem? Ihre Mutter oder sie selbst? Noch immer nervös lachend wusch sie sich die glitschige Haarmaske von ihren Füssen. Sie hatte – total in Gedanken, vor allem in Sorgen um ihre Mutter versunken – die beiden Produkte verwechselt, weil die Tubenform ähnlich war.

Nach dem Essen am Vortag hatte die Mutter dann auch wieder im Schlafzimmer, statt wie jahrelang üblich auf dem Kanapee, ihre Siesta gehalten. In dieser Zeit hatte Pandora den schmucken Filzhut und den Kopfhörer wieder aus dem Tiefkühler geholt und diskret an die Garderobe im Gang respektive in die Nähe der Hi-Fi-Anlage gelegt.

Am Nachmittag dann hatte die Mutter unbedingt zur Apotheke gehen wollen, aber ohne Pandoras Begleitung. Warum, sagte sie ihr nicht. Pandora befand es für besser, der Mutter nicht zu widersprechen und sie auch nicht weiter nach dem Grund für den Gang zur Apotheke auszufragen, man konnte ja nie wissen, wie Menschen mit dieser Krankheit reagieren würden. Womöglich verschlossen sie sich dann ganz. Zudem merkte es ihre Mutter ja vielleicht auch, dass mit ihr etwas nicht stimmte. Sicher holte sie sich irgendein gedächtnisstärkendes Mittelchen in der Apotheke. Knoblauchkapseln zum Beispiel waren ja bekannt als Medizin gegen Arterienverkalkung. Wenn es denn «nur» Arterienverkalkung wäre und nichts Schlimmeres! Pandora würde ihre Mutter fürs Erste einfach beobachten. Sie musste zuerst ein paar Beweise sammeln, bevor sie mit ihrem Verdacht beim Hausarzt ihrer Mutter vorstellig würde. Allerdings musste sie beruflich für ein paar Tage verreisen, würde ihre Mutter aber auf jeden Fall täglich anrufen.

Nach ihrer Geschäftsreise ein paar Tage später klingelte Pandora, die auch eine Lupe besorgt hatte, wieder bei ihrer Mutter, schloss die Tür aber gleich selber auf, denn natürlich hatte sie einen Schlüssel zu ihrer Wohnung. Man konnte ja nie wissen. Und jetzt war sie erst recht froh, freien Zugang zur Wohnung zu haben. Ihre Mutter kam ihr nicht entgegen, was Pandora erstaunte. Sie fand sie aber am Küchentisch sitzend, weinend und mit hängenden, fettigen Haaren. Pandora erschrak, und es brach ihr beinahe das Herz, als sie sie in diesem Zustand sah. So schnell ging es also bergab mit ihr. Sie wirkte in diesem Moment vernachlässigt, verwirrt und unglücklich. Ob sie sie womöglich bald nicht einmal mehr selber erkennen würde? Sie, ihre eigene Tochter?

«Ah, du bist es, Pandora, mein Schatz», seufzte die Mutter zum Gruss, erhob sich aber nicht. Pandora fühlte sich etwas erleichtert über die Worte ihrer Mutter, die doch ziemlich normal klangen, drückte ihrer Mutter einen dicken Kuss auf die Wange, setzte sich zu ihr an den Tisch und legte die Lupe vor sie hin.

«Was ist denn los mit dir, Mama?», fragte sie besorgt. «Bist du krank?»

«Ach», seufzte sie und griff sich ins Haar.

«Na, was ist, sag schon!», ermunterte Pandora sie lächelnd.

«Schau mich doch an! Meine Haare, die triefen ja vor Fett. Ich schaue furchtbar aus.»

Pandora schaute auf die grauen Strähnen ihrer Mutter und strich mit ihren Händen darüber. Sie waren wirklich extrem fettig, rochen aber immerhin nach Zitrone.

«Hast du sie denn mehrere Tage nicht gewaschen?»

«Doch! Jeden Tag mehrmals sogar!»

«Mehrmals?» Pandora war platt. Entwickelte sie nun womöglich einen krankhaften Putzfimmel?

«Ja, mehrmals, aber es bessert einfach nicht.»

«Ja, ich sehe das. Vielleicht musst du wieder einmal zum Frisör, die Haare etwas kürzen, eine andere Pflegespülung nehmen», versuchte Pandora ihr Mut zu machen. Nun hellte sich die Miene der Mutter etwas auf.

«Würdest du ihn mir schenken, den Besuch beim Frisör?»

«Aber klar doch, Mama, was für eine Frage! Ich wusste nicht, dass du knapp dran bist und dir das Geld für den Coiffeur fehlt. Das hättest du doch sofort sagen können, anstatt solche Zustände zu bekommen. Ich

147

möchte dir doch auf jeden Fall gern eine Freude machen.»

«Ja?», sagte ihre Mutter erfreut und halb getröstet. «Kannst du mir bitte 250 Franken schenken?

Pandora war verblüfft über die Höhe des Betrags, aber sie fragte nur vorsichtig:

«Du, aber so teuer kommt es doch nicht.»

«Doch, ich muss ja auch die Zugreise berechnen.»

«Die Zugreise?», nun aber konnte Pandora ihr Erstaunen nicht mehr verbergen und entgegnete: «Du gehst doch immer hier im Quartier zur Coiffeuse.»

«Diesmal nicht, ich will nach Zürich!»

«Was?»

«Die Apothekerin hat mir einen speziellen Coiffeur empfohlen, in der Nähe vom Zoo in Zürich. Einen Tiernamen trägt er glaub' ich auch. Ich möchte da hin.»

«Die Apothekerin? Ein Coiffeur mit einem Tiernamen?»

Unglaublich! Pandora schnaubte innerlich. Was nahm sich denn diese Apothekerin für Freiheiten heraus mit ihrer alten Mutter? Empfiehlt die ihr einen kuriosen Coiffeur am anderen Ende der Schweiz, und die Mutter entwickelt daraufhin prompt eine fixe Idee und will dorthin? Sie würde sich bei der Apothekerin beschweren. Das war ja wirklich die Höhe!

«Ja, die nette Apothekerin hat extra für mich gesucht, im Internet. Sie hat mir auch sonst schon verschiedene Tipps gegeben.»

Pandora konnte es nicht glauben. So schnell wurde also eine alte Frau verletzlich und beeinflussbar, wenn sich die ersten Anzeichen der Krankheit bemerkbar machten. Das durfte nicht so weitergehen, sie würde noch am Nachmittag in der Apotheke vorbeischauen, den Angestellten dort so richtig die Kutteln putzen und umgehend den Hausarzt anrufen. Plötzlich erinnerte sie sich wieder an den Dokumentarfilm. Hatten sie dort nicht gesagt, Alzheimerpatienten solle man immer dort abholen, wo sie gedanklich gerade waren? Sie würde also das Spielchen mitmachen und die Sache absolut ernst nehmen.

«Ja wenn das aber so teuer kommt, schauen wir vielleicht, ob wir einen Teil vom Geld für den Verkauf des Kanapees bekommen.»

«Das Kanapee werfen wir fort, das können wir unmöglich verkaufen», widersprach ihre Mutter.

Pandora war platt.

«Warum denn nicht?»

«Die Polster, sie sind ... zu schmutzig.»

«Das stimmt doch gar nicht, die sind nur etwas abgenutzt.»

«Jedenfalls müsste man es gründlich auslüften. So vier, fünf Tage auf den Balkon stellen, aber nur, wenn die Temperaturen unter null sind.»

Pandora konnte es nicht glauben. So, wie ihre Mutter das sagte, klang sie überhaupt nicht verwirrt, sondern im Gegenteil sehr klar und bestimmt.

«Okay, Mama. Wie du möchtest. Ich frage nachher den jungen Nachbarn im zweiten Stock, ob er mir helfen kann, das Kanapee auf den Balkon zu stellen.»

«Ja, vielleicht muss man auf dem Balkon zuerst etwas Ordnung machen.»

«Ich schaue gleich mal nach», sagte Pandora und ging aus der Küche in die Stube und öffnete die Balkontür. Sie erschrak, als sie die Beigen von gebrauchter Bettwäsche am Boden liegen sah. Ihre Mutter schien ihre sämtlichen Bettanzüge, Fixleintücher und Moltons verbraucht zu haben. Auch viele ihrer Kleider und ein paar Kissen lagen am Boden verstreut. Mit der Wäsche kam sie also auch nicht mehr zurecht, seufzte Pandora, während sie die Sachen in einer einzigen Ecke auftürmte und die grosse Einkaufstasche beiseiterückte, in dem die Mutter ihr Altpapier und ihren Aluminiumabfall aufbewahrte, bevor sie jeweils beides zur Sammelstelle brachte. Die vielen leeren Spraydosen aus Aluminium fielen ihr aber sofort auf. Pandora griff danach, studierte das Etikett, und plötzlich fiel es ihr wie Schuppen von den Augen. Sie stürzte mit der Spraydose in der Hand in die Stube und in die Küche zurück, wo die Mutter mit der Lupe gerade etwas Winziges auf der Tischplatte studierte, und rief:

«Mama!»

Ihre Mutter zuckte nur zusammen, als sie die leere Spraydose in den Händen ihrer Tochter sah, liess die Lupe seufzend auf den Tisch sinken und machte dabei ein ganz bestürztes Gesicht.

«Oh, Mama!» Pandora fiel ihr um den Hals und fing plötzlich an zu weinen.

«Ach, Kind, ich fürchtete ja, dass dir das Sorgen bereiten würde», sagte die Mutter leise und schnäuzte sich, «aber dass es dich nun auch noch so mitnimmt, macht mich erst recht traurig und niedergeschlagen. Und es ist mir ja so was von peinlich. Diese verdammte Plage verfolgt mich nämlich schon seit Wochen, und ich werde sie einfach nicht los, obwohl ich alles Mögliche tiefkühle, die gesamte Bettwäsche und alle getragenen Kleider täglich wechsle und meine Haare mit teuren Spezialshampoos und Metallkämmen, mit diesen giftigen Pestizidsprays, mit Packungen aus Essig und Mayonnaise behandle. Und zudem weiss ich nicht mal, woher ich sie hab.»

«Aber nein, Mama, das nimmt mich doch gar nicht mit, ich bin ja nur so erleichtert und gerührt, ja glücklich», rief

Pandora und drückte sie liebevoll an sich, «du hast ja gar keinen Alzheimer, du hast ja nur Läuse!»

Die Grundausstattung

Manche Dinge bekommt man oder vielleicht vor allem frau nicht von Mutter Natur geschenkt. Ich selber mag meine Haare gerne gelockt, aber leider beschränkt sich die Grundausstattung in Sachen Haarpracht bei mir auf ein paar leichte, von meinem Vater geerbte Wellen im Haar. So hole ich mir die Locken eben in regelmässigen Abständen bei der Coiffeuse, in Form einer prächtigen Dauerwelle, und zwar schon seit ich dreizehn Jahre alt bin. Damals schlug meine Mutter sie mir vor, fürs erste Jahr auf dem Untergymnasium, und die neue Frisur stand mir wirklich gut. Zugegeben, umwelt- und haarfreundlich ist das Prozedere nicht, die ganze Chemie beispielsweise, die es dazu braucht, aber nobody's perfect, und so bin ich, obwohl ich mich sonst für naturverbunden halte, in diesem Bereich etwas technologie- und chemieabhängig. Diese Abhängigkeit fiel natürlich schon früh auf, eben auf dem Gymnasium, und so wurde ich vom St. Niklaus, der jedes Jahr in jede Klasse kam, eines schönen 6. Dezembermorgens zur «Miss Dauerwelle» gekürt. Das breite rote Band, auf dem mein Titel mit silbrigen Buchstaben geschrieben war, trug ich damals nicht ohne Stolz quer über meine Brust und über den Pausenplatz.

Inzwischen bin ich im mittleren Alter angekommen. Das Band, das später einer meiner Riesenteddybären tragen durfte, obwohl er gar keine Locken hatte, habe ich längst nicht mehr, aber Dauerwellen lasse ich mir immer noch machen. Da ich inzwischen aber nicht mehr in der Schweiz, sondern in Frankreich lebe, kommt mich meine Eitelkeit immerhin etwas weniger teuer zu stehen.

So war ich auch kürzlich wieder einmal bei meiner vertrauten Coiffeuse, die respektive deren Computer die Grösse meiner Lockenwickler und die Art meines Haarschnitts auswendig kennt und die auch stets zum freundlichen Plaudern aufgelegt ist. Ihr Sohn ist fast erwachsen, so wie einer meiner Söhne, und so haben wir als Mütter immer ein gemeinsames Thema, das uns beide gleichermassen beschäftigt. So fragte ich denn nach dem Befinden ihres Sohnes, weil dieser sich vor einiger Zeit beim Fussball ernsthaft verletzt hatte, wobei seine Milz zu Schaden gekommen war.

Ich erfuhr dann zu meinem Bedauern, dass die Milz ihres Sohnes schliesslich habe entfernt werden müssen, da er sonst daran verblutet wäre. Nun lebe er ohne Milz und mit einer Antibiotikabehandlung, die zwei Jahre dauern sollte. Ansonsten aber erhole er sich gut und könne bald wieder mit der im Herbst angefangenen Ausbildung weiterfahren. Ich freute mich natürlich mit meiner Coiffeuse, dass es ihrem Sohn wieder fast sehr gut ging, konnte aber nicht umhin, wieder einmal über die menschliche Grundausstattung nachzudenken.

So jung und schon ein Organ weniger, dachte ich und natürlich kam mir dabei mein eigener jüngerer Sohn in den Sinn, der sechs Jahre zuvor bei einem Velounfall einen Schneidezahn verloren hatte. Seit sechs Jahren schon wünschte ich mir, seine wirklich plakative Zahnlücke durch ein Implantat zu schliessen und damit den dramatischen Unfall ganz zu vergessen, aber es galt abzuwarten, bis das Knochenwachstum im Kiefer abgeschlossen war. Eine provisorische Einzahn-Prothese mit Plastikgaumen, der das Geschmacksempfinden beim Essen empfindlich störte, kaschierte immerhin die Lücke und liess meinen jüngsten Sohn komplexfrei lächeln.

Wenn man bedenkt, wie vielen Gefahren man vom Säuglings- bis zum Erwachsenenalter und darüber hinaus ausgesetzt ist, ist es schon erstaunlich, dass die grosse Mehrheit der Menschen tatsächlich mit der gesamten biologischen Grundausstattung gross und sogar richtig alt wird. Einen Zahn kann man heutzutage problemlos ersetzen lassen, ein Implantat kann man sich ja schliesslich geduldig zusammensparen, aber eine künstlich hergestellte Milz gibt's noch nirgendwo zu kaufen und die Transplantation von anderen lebensnotwendigen Organen ist aufgrund des Spendermangels noch längst keine Selbstverständlichkeit. So sinnierte ich weiter, als ich mit meinen chemiegetränkten Haaren und Zellophan-Folie unter der futuristischen Warmlufthaube sass und in einer Klatschzeitung blätterte, in welcher zu meinem Schrecken das Foto einer von islamistischen Terroristen geköpften kurdischen Widerstandskämpferin abgebildet war, deren Kopf am Haarschopf hochgehalten wurde und das ich im Internet niemals angeschaut hätte, während sich meine Coiffeuse nichtsahnend um das Brushing einer älteren Dame kümmerte. Ich legte die Klatschzeitung und die Schrecklichkeit der Welt schaudernd beiseite und versuchte angestrengt, mich von der Diskussion hinter meinem Rücken ablenken zu lassen. Wegen dem Lärm unter der Haube konnte ich die Worte der alten Dame und der Coiffeuse aber nicht verstehen, doch im Spiegel sah ich, dass sich auf der Stirn meiner Coiffeuse Sorgenfalten bildeten. Schliesslich war sie mit der Dame fertig, kassierte und verabschiedete sich von ihr. Danach kam sie zu mir, zog die dreiarmige Warmlufthaube mit ihrer Linken beiseite, befreite mich somit vom Hitzestau unter Zellophan und Ammoniakdämpfen und bat mich mit einer

Geste ihrer Rechten zum Waschbecken, um die ganze Chemie auszuspülen, bevor sie das Fixiermittel auftrug.

Wie ich so dalag, den Nacken überm Becken nach hinten gebogen, und die Coiffeuse mit einem Schwamm das Mittel auf meinen Haaren verteilte, erzählte sie mir, die ältere, langjährige Kundin mache ihr Sorgen, weil sie dement werde und zusätzlich an Verfolgungswahn leide. Sie erzähle allerhand Kurioses in letzter Zeit, glaube immer wieder, man habe ihr im Coiffeursalon den Gehstock gestohlen und behaupte zum Beispiel auch, alle Leute, die vor der Post gegenüber ihrer Wohnung herauskämen, seien Spione, die sie rund um die Uhr überwachten. Die Arme sei wirklich dabei, ihren Kopf zu verlieren.

Ich schluckte leer, seufzte empathisch, wobei mein Seufzer mehr der ermordeten Kurdin galt als der alten Dame, liess mir die nun gelockten Haare zum dritten Mal waschen und setzte mich danach zurück auf den Frisierstuhl. Dort trocknete mir die Coiffeuse meine neuen High-Tech-Locken wie üblich mit einer Luftdusche, weil ich kein Brushing, sondern einen natürlichen Look wünschte.

Schliesslich zeigte sie mir die neue Frisur mit dem Handspiegel auch von hinten, entfernte den Überhang und ich stand auf, stiess dabei aber mit der Stirn heftig an die High-Tech-Haube zu meiner Linken, wo ich mir, unter meiner neuen Haarpracht bestens versteckt, eine anständige Beule holte. Die Coiffeuse, überaus peinlich berührt, entschuldigte sich wortreich, es sei ihr Fehler, sie habe die Haube zu wenig hochgezogen, da sie viel kleiner sei als ich. Ich aber wollte, dass der Besuch bei der Coiffeuse gut und erfreulich wie immer zu Ende ging, und tat das Missgeschick als Bagatelle ab, obwohl mich die Beule wirklich schmerzte.

«Ach, das ist nichts, lieber eine kleine Beule an der Stirn, als den Kopf zu verlieren», scherzte ich, und die Coiffeuse lachte erleichtert.

Koffertriodrama

Irgendeinmal hatte ihr jemand, als sie noch ein Kind war, eine rotbackige Matroschka-Puppe mit Rosen auf dem Bauch und gelbem Kopftuch geschenkt, dieses originelle russische Spielzeug, bei dem mehrere Püppchen aus Holz ineinander verschachtelt werden konnten. Sie hatte immer gerne damit gespielt, denn sie fand es faszinierend, wie geschmeidig ein Püppchen ins andere passte und wie leicht sie sich öffnen und schliessen liessen. Daran musste Frau Leu denken, als sie das Sonderangebot für TCS-Mitglieder, dem Herr Leu, ihr Mann, nicht hatte widerstehen können, mit dem Auto auf der Schweizer Post abholte. Es war zum ersten Mal in dreissig Ehejahren, dass sie etwas Derartiges gekauft hatten. Sie waren nämlich bis jetzt keine Globetrotter, hatten aber die Absicht, als Eltern endlich flügge zu werden, nachdem die Kinder, die sie etwas spät bekommen hatten, doch noch ausgezogen waren. Also mussten endlich diese Qualitätsschalenkoffer aus Polycarbonat her, fand Herr Leu. Mit einem durchdachten Stauraumkonzept und einem Sicherheitscode natürlich. Damit wollten sich Herr und Frau Leu erst am Abend beschäftigen. Sie begutachteten also zusammen diesen frisch erworbenen, riesigen grauen Koffer auf vier Rädern, der nun mitten in ihrer Stube stand, öffneten ihn neugierig, entnahmen ihm den mittleren, öffneten diesen ebenfalls und zogen den kleinsten heraus. Sie waren alle haargenau gleich schick, verfügten über die vom Hersteller versprochenen praktischen Innenfächer, und die Räder rollten absolut perfekt. Ein Qualitätsprodukt und ein ausgezeichneter Kauf, da waren sie sich gleich beide einig, nur die Farbe war etwas fad, fand Frau Leu und dachte etwas wehmütig an ihre bunten Matroschkas. Welchen dreistelligen Code würden sie nun aber wählen? Am besten den gleichen für alle drei Koffer. Und einen, den sie beide niemals vergessen würden, selbst wenn sich erste Anzeichen von Alzheimer bemerkbar machen würden. Der Code musste mnemotechnisch perfekt sein bis zu ihrem Lebensende, denn solange mussten die teuren Dinger natürlich herhalten. Was würden sie also niemals vergessen? Ihr eigenes Geburtsjahr 1954 und 1958, schlug Herr Leu vor, was sie eine gute Idee fand. Seines und ihres zusammengenommen, also nicht zusammengezählt, sie wollten ja nicht bei jedem Öffnen des Koffers Kopfrechnen, sondern einfach mit den kombinierten Endziffern: 548. Frau Leu studierte also aufmerksam die Gebrauchsanweisung für die Code-Einstellung und nahm sich gleich den kleinsten Koffer vor. Sie befolgte die Anweisungen Schritt für Schritt und am Ende war es gar keine komplizierte Sache. Der Koffer war nun probehalber fest verschlossen und sie wollte ihn gleich wieder öffnen, aber – es ging nicht! Sie versuchte es wieder und wieder, aber das verdammte Ding öffnete sich nicht mehr und sie schob den Koffer genervt zu ihrem Mann hinüber. Er fand immer eine Lösung bei technischen Problemen, ganz im Gegensatz zu ihr. Er aber schaffte es diesmal ebenfalls nicht, den Koffer mit dem besprochenen dreistelligen Code aufzumachen. «Du hast bei der Codierung etwas falsch gemacht, verdammt!», rief er erzürnt und warf den Koffer enttäuscht aufs Kanapee.

«Nein, ich schwöre dir, ich hab's genau so gemacht, wie's in der Anleitung angegeben ist», verteidigte sie sich frustriert. «Fünfhundertachtundvierzig habe ich eingegeben, wie abgemacht.»

«Ja, aber warum geht das blöde Ding dann nicht auf?»

«Keine Ahnung, vielleicht hat es einen Defekt», sagte sie, griff wieder nach dem Koffer, drehte fiebrig an den Rädchen mit den Code-Zahlen und fingerte gleichzeitig am Schieber zum Öffnen herum. Plötzlich sprang der Koffer auf! Erleichtert schaute sie auf die Nummer, da stand doch 548 oder? Sie ging ins Büro und holte ihre Brille. Der Code stand auf 546 und sie realisierte, dass sie zuvor bei der Einstellung der persönlichen Kombination ohne Brille die 6 und die 8 verwechselt hatte. «Na, da haben wir nochmals Glück gehabt», sagte Herr Leu erleichtert und nahm die Gebrauchsanweisung und die zwei anderen Koffer an sich, um sie nun mit dem richtigen Code zu versehen. Zweimal 548, damit sie beide es auch wirklich behalten würden. Nur beim kleinsten Koffer – das realisierte Frau Leu bestürzt – würde sie lebenslang dran denken müssen, dass sie zwei Jahre älter war.

Die Sportskanonen: erster Anlauf

Sie sassen beim Kaffee und waren sich einig: So konnte es nicht weitergehen, sie mussten endlich etwas dagegen tun. Ihre Sesshaftigkeit musste nun wirklich ein Ende haben! Sie mussten sich beide mehr bewegen, ihnen selbst und ihrer Gesundheit zuliebe. Ab einem gewissen Lebensalter konnten sie sich diesen Mangel an Bewegung einfach nicht mehr leisten, ohne ernsthafte Beschwerden zu bekommen. Es war schon Sonntagabend, und sie hatten auch an diesem Wochenende wieder nichts Sportliches getan. Zugegeben, das Wetter war zum Jammern gewesen, es hatte von morgens bis abends geschüttet wie aus Kübeln. Das nächste Wochenende aber sollte sonnig werden und dann, ja dann würden sie so richtig loslegen! Allerdings, übertreiben sollten sie es zu Beginn denn auch wieder nicht, davon wurde schliesslich überall – in Gesundheitsreportagen am Fernsehen und in diversen Internetforen – abgeraten. Nur mit der Ruhe sollten sie es angehen. Langsam, aber stetig. Und so machten sie am folgenden Samstagnachmittag – der Morgen war natürlich für den Wocheneinkauf im Supermarkt draufgegangen – bei strahlendem Sonnenschein zusammen einen Abstecher in die städtische Buchhandlung, die ihren Kunden sogar Gratiskaffee anbot, setzten sich dort auf die einladenden Sessel und studierten alle regionalen und internationalen Wanderbücher, die der Laden vorrätig hatte. Tatsächlich einigten sie sich nach zwei Stunden auf ein handliches Büchlein mit Spaziergängen und längeren Ausflügen für Familien. Leichte, sympathische Wanderungen über Stock und Stein, Wiese und Feld, an Flüssen und Waldrändern entlang und hie und da mit einem Abstecher in die Berge. Sie waren beide begeistert. Die Vorschläge sahen originell und vor allem für Anfänger machbar aus, die Hochglanzfotos waren prächtig, die Erklärungen der Routen schienen klar verständlich und über die zu erwartende Anstrengung konnte man im Voraus jammern oder sie sich als Challenge nehmen. Alles war voraussehbar: Anfahrt, Dauer, Höhenmeter, Einkehrmöglichkeiten, Ziel. Sie wählten also gleich für den nächsten Tag – einen strahlenden Herbstsonntag – eine Wanderung aus, deren Ausgangspunkt schon auf einer gewissen Höhe lag, den man aber bequem mit dem Auto erreichen konnte. Natürlich begannen sie nicht morgens um sieben Uhr, das wäre eindeutig zu früh gewesen für einen freien Sonntag, sondern sie starteten um dreizehn Uhr, nach dem gemütlichen Mittagessen. Etwas Proviant packten sie selbstverständlich auch ein, ein paar Sandwiches, je einen Apfel und die kleine Aluminium-Thermoskanne mit ihrem Lieblingskaffee. Auch die Servietten, die Plastiktassen, ein Löffelchen zum Rühren, etwas Kaffeerahm und vier Butterkekse gehörten in den Rucksack. Die Anfahrt war unkompliziert und sie fanden den Parkplatz, wo die Wanderung anfing, auf Anhieb. Frohgemut und hochmotiviert stiegen sie aus dem Auto, sie nahm selbstverständlich den Rucksack, denn sie hatte, im Gegensatz zu ihm, noch keine Rückenschmerzen und es war ihr sowieso mehr als Recht, ein bisschen mehr Gewicht mit sich herumzuschleppen und dabei gleich ihre Muskeln zu stählen und ein paar zusätzliche Kalorien zu verbrennen. Da er gefahren war, zog er zuerst seine Halbschuhe aus und schnürte sich dann die uralten Wanderschuhe an die Füsse, die er in jungen Jahren, als sie beide noch Studenten waren, einmal gekauft hatte und die ihm tatsächlich noch immer passten. Die Füsse gehörten ja zum Glück nicht zu den Körperteilen, an denen man am schnellsten Fett ansetzte. Bestens ausgerüstet marschierten sie fröhlich los. Es gab zwar noch ein paar andere Autos auf dem Parkplatz, aber es waren keine anderen Wanderer in Sicht. Sie würden den Wald, das fröhliche Singen der Amseln, das eigenartige Baumtrommeln der Buntspechte und das heisere Rätschen der Eichelhäher ganz für sich haben an diesem herrlichen Herbsttag, freute sie sich und sie sah im Geiste bereits die Eichhörnchen und die Rehe, denen sie bestimmt begegnen würden. Ihr Wanderweg verlief mitten durch den Wald, und nachdem sie ein paar Minuten schweigend, aber Hand in Hand marschiert waren, sahen sie links neben einer Hütte einen Mann mit einem roten Gehörschutz und einer knallroten Jacke stehen, der etwas Längliches in den Händen hielt und ihnen einen sonderbaren Blick zuwarf. Sie zog es vor, ihn nicht anzustarren, fragte sich aber, warum um Himmels willen die Waldarbeiter denn gerade am Sonntag Bäume zersägen mussten.

«Können die das nicht an Werktagen machen?», fragte sie ihren Mann.

«Was?»

«Na, die Bäume zersägen. Hast du nicht gesehen, dass der Typ mit dem Gehörschutz eine Kettensäge in der Hand hielt?»

«Eine Kettensäge? Das war keine Kettensäge, der Typ hielt ein Gewehr in der Hand!»

«Ach so.»

Sie war platt. Sie hatte wirklich nicht genau gesehen, was er in den Händen hielt, und beim Anblick eines Gehörschutzes im Wald kamen ihr als Erstes nur Forstarbeiten in den Sinn. Der Mann war ihr nur, von seiner

Haltung her, irgendwie sonderbar vorgekommen. Sie sagten beide eine Weile nichts mehr, einerseits weil sie in Gedanken versunken waren, andererseits weil es beim leichten Hinaufgehen für sie beide von Vorteil war, haushälterisch mit dem Atem umzugehen. Es war zwar nur eine leichte Steigung, aber da sie völlig untrainiert waren, reichte diese bereits, um sie zum leisen Keuchen zu bringen. Der Weg verlief momentan immer noch auf einem Kiesweg durch den Wald. Zu sehen gab's nicht viel und zu hören seltsamerweise auch nicht. Es war geradezu unheimlich still – sie hörten nur ihre Schritte auf dem Schotter – und schattig obendrein, obwohl das Wetter so prächtig war. Bei einer Kreuzung verlangsamte sie ihren Gang und studierte die angegebene Route in ihrem neuen Wanderbuch. Sie mussten rechts weitergehen und nach etwa zwanzig Minuten Fussmarsch sollten sie an eine Lichtung kommen und von dort würde es im Zickzack den Berg hinauf gehen. Bestimmt hatten sie von da an nicht nur den prächtigsten Sonnenschein, sondern auch eine tolle Aussicht, freute sie sich, doch sie fühlte plötzlich, wie ihr Mann sie leicht in die Seite knuffte. Sie blickte vom Buch auf und erschrak ein bisschen. Da hockte rechts von ihnen ein Mann im dunkelgrünen Jägeranzug auf einem abgesägten Baumstrunk und rauchte einen Stumpen. Vor ihm auf dem weichen Moos stand der Kolben seines aufgeklappten Jagdgewehrs, dessen abgeknickter Lauf auf den Boden zielte. Sie grüssten höflich und liefen weiter, als ob es für sie das Banalste der Welt sei, neben einem bewaffneten Jäger vorbeizugehen. Sie sagten eine Weile beide nichts und es war immer noch unheimlich still in diesem Wald, bis sie den ersten Schuss hörten und beim Knall zusammenzuckten. Es folgten gleich noch zwei weitere Schüsse. Diese schienen nicht allzu weit vor ihnen entfernt abgegeben worden zu sein und sie marschierten tapfer weiter auf ihrem Wanderweg, der in ihrem Führer angegeben war, welcher die beunruhigende Geräuschkulisse aber völlig verschwieg, in der Richtung, aus der die Schüsse gekommen waren. Geheuer war es vor allem ihr nicht mehr. Sie konnte sich bei dieser Schiesserei nicht mehr an der Natur freuen. Nicht einmal mehr den torfigen Waldesduft konnte sie riechen und die Vögelchen waren sowieso alle verstummt. Keine Amsel, kein Eichelhäher und kein Specht waren zu hören und kein Eichhörnchen im rostbraunen Pelz hüpfte keck von Baum zu Baum. Aber dafür sahen sie etwa fünfzig Meter weit von ihnen entfernt plötzlich einen anderen Jäger, diesmal mit einer bestens sichtbaren gelben Fluo-Jacke, der mit dem Arm Bewegungen nach unten machte, was sie zum Anhalten zwingen sollte. Sie standen beide bocksstill und sie fragte sich schon, warum sie denn nicht das gelbe Sicherheitsgilet für die Autobahnpannen in den Wald mitgenommen hatten, es wäre ja nicht schwer zu tragen gewesen und vielleicht hätten sie es sogar zu zweit über ihre beiden Oberkörper spannen oder während der ganzen Wanderung hektisch damit herumwedeln können. Da rannte der Jäger wieder aus ihrem Blickfeld und sie wussten nicht, ob sie nun weitermarschieren konnten oder nicht. Sie wussten allerdings, dass sie nun beide überhaupt nicht mehr weitermarschieren *wollten*. Sie machten rechtsumkehrt und trotteten auf dem gleichen Weg zurück, auf dem sie eben gekommen waren. Es ging nun etwas bergab, aber der Weg fiel ihnen trotzdem nicht leichter. Sie stellte sich vor, wie ihnen demnächst die Kugeln um die Ohren fliegen würden, wie sie oder ihr Mann oder sie beide tödlich getroffen würden, wie in der Zeitung von einem tragischen Unfall berichtet würde, wie ihre armen Kinder, zum Glück fast volljährig, zu Waisen würden … Sie sah das Blut ihres Mannes aus seiner Brust fliessen, sah ihn aschfahl und mit schmerzverzerrtem Gesicht niedersinken, sah, wie seine hellbraune Sommerjacke, die ihm so verdammt gut stand, sich grossflächig dunkelrot färbte, sah sich verzweifelnd um Hilfe schreien, sah sich zur Witwe und ihr ganzes Leben auf einen Schlag zum Drama werden – und beschleunigte ihre Schritte.

«Mensch, nun renn nicht so!», sagte ihr Mann und keuchte hinter ihr her.

«Mir ist es hier nicht geheuer!»

«Mir auch nicht, aber zu rennen brauchen wir trotzdem nicht», entgegnete er und nahm sie bei der Hand. Sie kamen wieder am Jäger im grünen Kostüm vorbei, der immer noch an der gleichen Stelle hockte. Er hatte etwas von Popeye, fiel ihr nun plötzlich auf, als sie ihn etwas länger anschaute, und eine Büchse Spinat in seiner Hand wäre ihr lieber gewesen als seine Jagdbüchse. Ihr Mann fragte höflich, was denn gejagt werde, und der Jäger antwortete: Grosswild. Ihr Mann nickte, wie wenn er wüsste, was das genau sei, und sie fragte noch, wann denn die Jagd jeweils stattfinde. Dies sei der erste Tag der neuen Jagdsaison, erklärte er ihr und es werde immer an Sonntagen, Dienstagen und Donnerstagen gejagt. Sie nickten höflich zum Dank und marschierten in flottem Tempo zum Parkplatz zurück. So ein verdammtes Pech aber auch. Genau an dem Tag, wo sie endlich sportlich werden wollten, begann die doofe Jagdsaison und nirgends stand ein Schild, wo darauf hingewiesen wurde. Der Weg hätte ja immerhin mit einer Kette abgesperrt werden können, fand sie, wie es im Tal – in der Schweiz jedenfalls – mancherorts üblich war. Den Schildern mit den Totenköpfen und den quer über den Weg gespannten Ketten war sie nämlich beim Velofahren im Wald auch schon begegnet und hatte dann sofort einen anderen Weg eingeschlagen. Ihr Mann seufzte, zog seine dampfenden Wanderschuhe aus und sagte, er brauche jetzt einen Kaffee und ein Sandwich, bevor sie ins Auto stiegen, nachdem sie genau fünfunddreissig Minuten – zwanzig Minuten leicht hinauf und fünfzehn Minuten wieder hinunter – marschiert waren. Eigentlich wollten sie sich neben den parkierten Autos in der warmen Herbstsonne auf einen Baumstamm setzen, aber sie fand, im Innern des Autos würde sie sich sicherer fühlen, und so setzten sie sich auf die bequemen Autositze, verzehrten ihre Sandwiches, schwitzten und tranken ihren Kaffee hinter verschlossenen Türen und Fenstern. Kugelsicher waren die Autofensterscheiben zwar nicht, aber vielleicht würde beim Aufprall ja der Airbag losgehen, sinnierte sie kauend. Allerdings, die Kugel würde dieser kaum auffangen können, aber ihre Plastiktasse mit Kaffee würde er ihr natürlich aus der Hand schlagen. Die Reihenfolge der Geschosse und Spritzer wäre so: Kugel, Blutspritzer, Airbag, Kaffeespritzer. Oder vielleicht kam doch der Airbag zuletzt. Oder er ging gar nicht erst los. Also, bei einem Drehbuch müsste das detailliert stehen, aber – sie schluckte ihren Kaffee hinunter – das hier war ja kein Film, sondern die Realität, ihr Leben und sie waren hier wirklich nicht mehr sicher. Kaum hatte ihr Mann seinen letzten Bissen verdrückt und seinen letzten Schluck Kaffee geschlürft, nötigte sie ihn zum Wegfahren. Weg, nur weg aus diesem Wald, wo sie wegen diesen dämlichen Jagdkanonen nicht zu Sportskanonen werden konnten.

Die Sportskanonen: zweiter Anlauf

Genau drei Monate nach der missglückten Herbst-wanderung – nachdem sie ihren Groll und ihren Frust allmählich verdaut und natürlich schon längst eingesehen hatten, dass aus der sportlichen Betätigung in den Bergen wegen der Jagdsaison nichts werden konnte – sassen sie auf dem Kanapee und surften fiebrig im Internet herum, bis sie gemeinsam beschlossen, einen Crosstrainer zu kaufen. Einen richtigen, guten, mit Bordcomputer, für den sie auch einen stolzen Preis bezahlen würden. Ein Qualitätsprodukt! Dieses würde sogar in der Stube stehen dürfen, denn natürlich wäre es motivierender, sich sportlich darauf zu betätigen, wenn der Fernseher einem zum Beispiel mit einem blutigen Krimi von der an sich todlangweiligen Aktivität ablenken würde. Gleich am Montagmorgen fuhren sie, da sie beide frei hatten, zusammen ins Sportfachgeschäft und schauten sich das Modell mit Tretwiderstand dank Elektromotor vom Internet auch in natura an. Sie stiegen natürlich auch darauf, probierten es aus und fanden es überzeugend, obwohl es im Laden gar nicht ans Stromnetz angeschlossen war. Ein Einkaufswagen mit speziell grosser Ladefläche wurde geholt, womit der schwere Karton – der in Einzelteile zerlegte Crosstrainer musste natürlich zuerst montiert werden – bequem zur Kasse gefahren werden konnte. Sie liessen sich wegen dem hohen Betrag zu einer Kundenkarte überreden, da sie damit sofort ein paar Treuepunkte gutgeschrieben bekamen, bezahlten cash, steckten den Garantieschein ein und fuhren die Riesenschachtel mithilfe eines Angestellten des Geschäftes zu ihrem Opel, wo sie es zu dritt sogar schafften, den schweren Karton auf die Ladefläche zu schieben, wobei sich der Kofferraumdeckel tatsächlich problemlos schliessen liess.

Zuhause gratulierte ihnen die nette ältere Nachbarin, die per Zufall gerade aus dem Haus ging, für ihren Kauf und ihren guten Vorsatz – sie hätte nämlich auch so einen, nur von einer anderen Marke –, als sie ihr erklärt hatten, was denn in dem riesigen Karton sei. Zu zweit schafften sie es darauf, die sechzig Kilo über die Eingangstreppe ins Haus und in die Stube hinein zu transportieren. Er machte sich sofort daran, den Crosstrainer aufzustellen. Im Montieren von Möbeln und sonstigem Gerät war er nämlich seit Jahrzehnten der Spezialist. Er fand immer eine Lösung, auch wenn es einmal komplizierter als erwartet wurde. Ihr Beitrag beschränkte sich hingegen aufs Wegräumen des Kartons und der restlichen Verpackung, aufs Loben, aufs Kaffeebringen, aufs Nackenkraulen und aufs Küssen. Er kam gut voran und sie freute sich über den schnellen Entschluss und den prompten Kauf. Sie hatte wirklich den Eindruck, das Vehikel sei gute Qualität. Es war schliesslich eine bekannte Marke. Von jetzt an konnten ihr die Jäger mit ihrer blöden Jagdsaison gestohlen bleiben.

«Scheisse!», hörte sie ihn da plötzlich fluchen.

«Was ist denn los? Hast du dich verletzt?», fragte sie mitfühlend. Ihr schwante Böses, sie kannte seinen Ton.

«Die verdammte Schraube ist abgebrochen! Abgebrochen!!»

Sie war platt. Eine Schraube, die bricht und im Material stecken bleibt, das war nicht gerade ein Beweis für Qualität.

«Wie weit warst du denn?»

«Bei Etappe zwölf», stöhnte er und schmiss sein Werkzeug hin, «es fehlte gar nicht mehr viel.»

Tatsächlich sah der Crosstrainer schon fast fertig aus, aber mit einer abgebrochenen Schraube liessen sich nun mal keine Pedalen montieren. Sie griffen zur Gebrauchsanweisung, in der eine Nummer für den Kundenservice stand. Ihr Mann nahm das Telefon und rief an. Tatsächlich antwortete man ihm sofort und mit freundlicher Stimme. In zwei bis drei Tagen würden sie von einem Techniker in ihrer Region kontaktiert, damit die Reparatur würde gemacht werden können. Immerhin, das klang nicht schlecht, fanden sie, obwohl sie schon wieder in ihrem sportlichen Elan gebremst und total frustriert waren, denn das ganze Ding wieder auseinanderzunehmen und damit wieder in den Laden zurückzufahren, um es umzutauschen und erneut aufzubauen, das kam bei dem Gewicht keinesfalls in Frage. Sie wollten weder einen Hexenschuss noch einen Bandscheibenvorfall riskieren. So blieb das Ungetüm halb montiert in der kleinen Stube stehen, zusammen mit dem Riesenkarton, der noch die restlichen Teile enthielt. Der ersehnte Anruf des Technikers kam erst nach drei Tagen und sie erfuhren, dass die mangelhafte Schraube beim Hersteller bestellt werden müsse. Da es aber auf Jahresende und die Feiertage zuging, konnte die Bestellung erst ab dem neuen Jahr gemacht werden. Zwei Wochen warten war also angesagt. Resigniert sagten sie zu, eine andere Wahl hatten sie ja nicht. Zwei Wochen lang durften das Fitnessgerät und sein Riesenkarton also schon mal in Ruhe Staub und sie beide über die Feiertage noch etwas zusätzlichen Speck ansetzen. Sogar ein paar Weihnachtsgirlanden und ein paar mit Gianduja gefüllte Schokokugeln im Silberpapier hängten sie darüber – schliesslich durfte man den Humor nicht ganz verlieren und der

Weihnachtsbaum hatte sowieso keinen Platz mehr in der kleinen Stube. Doch kaum war Neujahr vorbei, riefen sie den Techniker an, weil der versprochene Anruf auf sich warten liess. Der Techniker hatte gerade seinen freien Tag, liess man ihnen ausrichten, würde sie aber am anderen Morgen prompt kontaktieren. Tatsächlich meldete er sich dann am folgenden Tag, antwortete freundlich und hörte aufmerksam zu, musste sie aber vertrösten, da der Vorrat des betreffenden Ersatzteils, also dieser gebrochenen Schraube, dem Hersteller gerade ausgegangen sei, man müsse eine weitere Woche gedulden. Nach einer weiteren Woche war die Schraube aber noch immer nicht eingetroffen, und so ging es drei Wochen lang – bis der Techniker endlich anrief, er habe das Ersatzteil nun und würde es noch in der gleichen Woche montieren kommen. Immerhin baute er dann den ganzen Crosstrainer fertig auf und endlich konnten sie zu richtigen Sportaholics mutieren. Tatsächlich funktionierte das Gerät einwandfrei, als sie es voller Begeisterung hintereinander benutzten und dabei mächtig ins Schwitzen kamen. Sogar der jüngste Sohn nahm es in Beschlag und abends mussten sie jeweils beinahe eine Losziehung veranstalten, um festzulegen, wer zuerst pedalen durfte. So ging es eine Woche lang, bis der Brief kam. Er stammte vom Hersteller, der ihnen mitteilte, dass das Crosstrainer-Modell aufgrund eines gefährlichen technischen Defektes beim Elektromotor vorsichtshalber aus dem Verkauf gezogen werde und man ihnen beim Zurückbringen des Modells in den Laden das Geld anstandslos zurückerstatten werde.

Smartphonefrei

Die Lesung in der Stadtbibliothek war zwar erst am Abend nach dem Seminar, das am folgenden Tag stattfinden sollte, aber da die Autorin die Stadt nicht kannte, wollte sie auf Nummer sicher gehen und sich ihren Weg dorthin schon am Vorabend suchen. Das einfache, aber nette Hotelzimmer hatte sie bereits bezogen und es fing schon an zu dämmern, als sie wieder nach draussen ging. Ein Smartphone benutzte sie aus Prinzip nie, da sie beim Schreiben zuhause sowieso ununterbrochen Internetzugang hatte und sich nicht durch ständige Anrufe und Mail-Benachrichtigungen aus der Konzentration reissen lassen wollte. Zudem war ja gerade das Reisen an sich schon spannend! Wer da ständig den Blick auf einen Bildschirm senkte, verpasste etwas ganz Essentielles im Leben, fand sie. Ein einfaches Handy aber besass sie natürlich für den Notfall, wenn sie unterwegs war. Es war aber immer ausgeschaltet. So hatte sie in der Dämmerung auch keine Navigations-App zur Verfügung, sondern nur einen Ausdruck von Google Maps, den sie vorsorglich von zuhause mitgebracht hatte. An den Strassennamen erinnerte sie sich vage, aber ganz sicher war sie nicht. Irgendwo beim Neumarkt. Sie marschierte also los und versuchte, sich mit der Karte zu orientieren. Darin war sie normalerweise nicht unbegabt, aber sie merkte gleich, dass die Karte ihr nichts nützte. In der Dämmerung konnte sie nichts mehr entziffern. Das jedenfalls redete sie sich ein. Dass sie die Lesebrille, ohne die sie sehr zu ihrem Ärger in letzter Zeit vieles einfach nicht mehr lesen konnte, im Hotel vergessen hatte, war vielleicht nur die halbe Wahrheit. Sie hatte einfach keine

Lust, ständig eine Brille aufsetzen und sich somit an ihre erste richtige Altersschwäche erinnern zu müssen. Als aber ein älteres Ehepaar mit Brille auf sie zusteuerte und sie nach dem Weg fragte, konnte sie ihnen auch nur ihre Google-Map aus Papier vor die Augen halten. Sie entschuldigte sich, sie sei leider keine Einheimische, denn ihre neu erworbene Sehschwäche wollte sie den zwei Unbekannten nicht auf die Nase binden. Die Google-Map auf Papier im Dämmerlicht schien den beiden auch nicht weiterzuhelfen, aber sie verabschiedeten sich trotzdem dankend und die Autorin hatte sogleich den Eindruck, in Biel gebe es lauter nette Menschen. Sie lief bis zu einem nahen Restaurant, das von aussen gut beleuchtet war, und konzentrierte sich im abfallenden Licht nochmals auf ihre Google-Map. Da kam ein jüngerer Mann mit einer hellblauen Winterjacke daher und sie sprach ihn spontan an. Ob er wisse, ob die Stadtbibliothek wirklich am Neumarkt sei? Er wusste es tatsächlich und begann es ihr in perfektem Hochdeutsch zu erklären. Ein sympathischer Deutscher – sogar mit blauen Augen – erklärte ihr Schweizerin also den Weg in Biel. Sie musste schmunzeln und hörte ihm nicht ganz so konzentriert zu, wie er es eigentlich verdiente. Schliesslich bedankte sie sich und wollte in der gleichen Strassenrichtung weiterlaufen, aus der sie gekommen war, aber der liebenswürdige Deutsche rief sie zurück und riet ihr, in die entgegengesetzte Richtung zu gehen, am besten immer am Fluss entlang, das sei der kürzeste Weg. Nach der zweiten Kreuzung müsse sie dann nach links und dort weiterfragen. Sie sei dann ganz nah an ihrem Ziel. Die Autorin bedankte sich etwas verlegen lachend und nahm den Fluss – eigentlich war es ein Kanal – als Leitschnur, denn gleich neben dem Geländer hatte es ein schmales Trottoir, dem sie problemlos folgen konnte. Inzwischen war es schon richtig dunkel geworden, die Strassenlichter spiegelten sich im schwarzen Wasser des Kanals, und sie bemerkte, dass der nette Deutsche parallel zu ihr in der gleichen Richtung ging. Es trennte sie nur eine kleine, kaum befahrene Strasse, die zwischen ihrem und seinem Trottoir lag. Die Autorin lief etwas schneller, weil es ihr etwas peinlich war, genau parallel zu ihrem improvisierten Stadtführer zu gehen. Sie hätte ja auch auf sein Trottoir wechseln und mit ihm aus Dankbarkeit ein bisschen Smalltalk betreiben können. Nach kurzer Zeit kam die erste Kreuzung, aber sie bestand eigentlich nur aus einem kleinen Brückensteg, der nach links über den Kanal führte. Kaum hatte sie den Gedanken zu Ende gedacht, dass diese wohl kaum als erste Kreuzung anzusehen war, hörte sie den zuvorkommenden Deutschen schräg von hinten rufen:

«Also diese zählt nicht!»

Sie blickte nach rechts zu ihm zurück und sagte lachend:

«Das habe ich mir schon gedacht.»

Sie lief also weiter und fühlte sich dabei aus zwölf Metern Entfernung wohlwollend beobachtet, fast wie von einem Bodyguard.

Nun kam tatsächlich eine grosse Kreuzung, eine richtig breite Strasse, die zu ihrer Linken über die Brücke führte. Die zählte also, da war sie sicher. Kaum aber hatte sie dies gedacht, kam der freundliche Deutsche von seinem Trottoir zu ihr herüber und erklärte:

«Es ist mir jetzt eingefallen, dass Sie eigentlich nicht bei der zweiten, sondern bei der dritten Kreuzung links über den Kanal müssen, dann kommen sie direkt zur Post, wo auch die Stadtbibliothek ist.»

«Ach so, ja, herzlichen Dank», sagte sie lachend, beschleunigte ihre Schritte, liess den Deutschen und die erste Kreuzung, die zählte, hinter sich und gelangte wieder zu einem schmalen Brückensteg, der links über den Kanal führte. Sie zögerte. Zählte der jetzt oder nicht? Aber da kam schon die lachende Antwort etwas weiter hinter ihr: «Die zählt jetzt!»

«Ach so, ja, ok, danke», sagte sie lachend und er rief ihr noch nach:

«Hier sind die Brücken eben nicht so breit wie in Paris.»

Sie schmunzelte, bedankte sich nochmals und lief weiter geradeaus dem Kanal entlang bis zur nächsten breiten Kreuzung – diese konnte wirklich nur die dritte sein, die zählte – wo sie nach links abbog und nach etwa zweihundert Metern direkt vor der Hauptpost und der Stadtbibliothek stand. Sie stieg die Treppe zur Post hinauf, die auch zum Eingang der Bibliothek führte, ging kurz in die Post hinein, um eine Kopie der Hotelrechnung zu machen, die sie bereits beglichen hatte, da diese ihr von den Organisatoren der Lesung vergütet werden würde, sah neben dem Kopierapparat eine Vitrine mit diversen Smartphones zum Verkauf und realisierte einmal mehr, was für eine sympathische Begegnung ihr mit einer Navi-App eben entgangen wäre.

Konzentrationsstörung

Gleich als der dozierende Professor in den Seminar-raum trat, fiel es ihr auf. Aber sie liess sich natürlich nichts anmerken, blickte nur mit einem Schmunzeln im Mund-winkel nach links und nach rechts. Die anderen Studen-tinnen und Studenten taten ebenfalls so, wie wenn nichts wäre, so schien es ihr. Wahrscheinlich gaben sie einfach nur vor, sich ganz auf ihre Texte zu konzentrieren, denn dass sie es sahen, stand ausser Zweifel. Man konnte es einfach nicht *nicht* sehen. Sie selber brachte dies aus dem Konzept und sie fand, dieser Professor verdiene es nicht, dass man über ihn schmunzelte. Sie hatte ihn nämlich schon immer sehr sympathisch gefunden und ging gerne in seine Seminare. Die fand sie im Gegensatz zu ein paar anderen wirklich sehr interessant und der Professor hatte zudem eine nette Art, ganz im Unterschied zu einem viel jüngeren Dozenten, ebenfalls Professor, der ihr schon seit Beginn des Semesters gehörig auf den Wecker ging. Nicht weil er jünger war als sie, das war kein Problem, aber weil er so arrogant daherkam und die Studierenden paraphra-sierend als Deppen und sich selbst als achtes Weltwunder bezeichnete. Zu allem Übel kam er auch noch sehr häufig im Fernsehen und am Radio und so entkam sie ihm nicht einmal zuhause beim Kochen, weil sie dazu gerne Nach-richten hörte. Und wie oft brachte er seine eigenen Bücher mit, nicht etwa um einfach einen kurzen bibliographi-schen Hinweis zu geben, sondern um sich langatmig über die grosse Anzahl seiner Werke auszulassen, wobei er sie jeweils im Seminarraum wie im Hörsaal alle vor sich auf den Tisch stellte wie in einer Buchhandlungsvitrine und die Studenten wörtlich darauf hinwies, dass sie über ihn selbst im Internet viel mehr Treffer finden würden als über einen anderen Spezialisten auf seinem Gebiet, der längst verstorben war. Bei jenem Professor hatte sie im Hörsaal zusammen mit den anderen Studierenden hautnah erfahren, was fremdschämen bedeutete. Nein, dieser Professor hier in diesem Seminar war ganz anders. Er war einiges älter als sie und sie selbst war ja schon doppelt so alt wie die Mehrheit der anwesenden Studierenden. Einmal war ihr das in einem anderen Seminar sehr deutlich bewusst geworden. Sie mussten ein Formular für eine Umfrage ausfüllen, mit Angabe des Jahrgangs. Die blutjunge Studentin neben ihr schrieb 1986, und ihr eigener Jahrgang war gerade umgekehrt: 1968. An dem Tag fühlte sie sich steinalt, aber beim gemütlichen Plaudern und Kaffeetrinken mit den jungen Menschen in der Pause verflog das Gefühl zum Glück wieder. Bis zur Pause musste sie es auch in dieser Stunde aushalten, denn erst dann würde sie endlich zu ihm hingehen und es ihm sagen können, dem Professor, das, was sicher alle in der Stunde innerlich längst zum Schmunzeln gebracht hatte. Würde sie es wirklich tun? Würde sie ihn darauf hinweisen? Da sie im reiferen Alter war, ging das vielleicht noch durch. Nein, das war doch viel zu peinlich, sie war ja auch nur eine Studentin, keine Kollegin von ihm. Vielleicht konnte sie es ihm auf ein Zettelchen schreiben und diskret auf seinen Tisch legen, wenn er grade mit jemand diskutieren würde, während der Pause. Und in welcher Sprache würde sie es schreiben? Der Kurs war auf Französisch und Englisch, aber der Professor beherrschte selbstverständlich noch einige andere Sprachen. Sie zerbrach sich den Kopf. Würde sie es wirklich wagen oder nicht? Wäre das Mut oder einfach nur peinlich? Wäre er ihr dankbar dafür und würde er vielleicht sogar noch ein passendes Witzchen reissen? Und sie? Würde sie dann erleichtert lachen und an ihren Tisch zurückgehen können? Würde sie danach an ihrem Platz nicht doch lieber im Boden versinken? Die Fragen überstürzten sich in ihrem Kopf. Vom Kurs bekam sie rein gar nichts mehr mit. Sie hoffte nur, die Stunde würde bald um sein, damit ihre quälerischen Fragen über ihren eigenen Mut, ihre eigene Feigheit oder ihr eigenes Fettnäpfchen ein Ende hätten. Die Minuten zogen sich nur so hin, aber endlich war es so weit. Der Professor blickte kurz auf seine Uhr und sagte, sie würden nach der fünfzehnminütigen Pause weitermachen. Sie bekam Herzklopfen. Ihre Hände zitterten. Sollte sie nun oder sollte sie nicht? Sie legte ihren Kugelschreiber auf ihren leeren Notizblock, erhob sich von ihrem Stuhl und ging langsam nach vorne. Auf halbem Weg blieb sie stehen. Der Dozent hatte sich seine schicke Anzugsjacke übergezogen und lief schon Richtung Tür. Sie zögerte immer noch. Sollte sie ihn bei seinem Namen ansprechen, um ihn zurückzuhalten? Sie brachte kein Wort über die Lippen und sah ihn hinausgehen. Da fiel die ganze Anspannung von ihr ab. Ihre Chance hatte sie verpasst. Sie setzte sich wieder an ihren Platz und grübelte, während die anderen Studenten ebenfalls den Raum verliessen. Wenn sie es ihm nicht sagen würde, würde sie auch die zweite Stunde nichts mitbekommen, und das wäre jammerschade. Sie verliess sich nämlich am liebsten auf ihre eigenen Notizen und borgte sie sich nur im Notfall von anderen Studenten aus. Sie malte unschuldige Blümchen auf ihren Notizblock, bis der Dozent und die anderen Studierenden wieder aus der Pause zurückkamen. Sie starrte ihn an, als er seine Jacke ausgezogen hatte und wieder neben seinem Computer und vor ihnen allen stand, um den nächsten Slide seiner Powerpoint-Präsentation aufzuschalten. Sie atmete erleichtert auf. Jetzt würde sie sich wieder auf das Seminar konzentrieren können. Der Reissverschluss seines Hosenschlitzes war nun nicht mehr nur zur Hälfte, sondern ganz zu.

Der patentverdächtige Staudamm

Oh mein Gott! Nichts kann sie aufhalten, diese ganze Schwemme, die auf mich zukommt, eine träge, aber bedrohliche Lava, die sich ihren Weg unaufhaltsam bis zu meiner eigenen bahnt. Und ich versuche verzweifelt, sie aufzuhalten, sie zu stoppen mit irgendeinem länglichen Objekt, um wenigstens eine provisorische Staumauer aufzubauen! Ah hier, das WC-Papier! Was für ein Glücksgriff, diese Sparpackung: Ich kann aufschnaufen! Das WC-Papier hält alles zurück, schafft als Instant-Staudamm in Sekundenschnelle eine richtige Grenze zwischen Mein und Dein. Die fremde Flut vermischt sich nicht mehr mit meinem eigenen Schwall aus Nahrungsmitteln, aus sich aufbäumenden Zahnbürsten und sonstigen Haushaltartikeln, der sich vom Förderband an der Kasse bei der Migros unbarmherzig ins einzige Abteil zum Einpacken ergiesst. WC-Papier sei Dank! Mein Herzrasen hört auf, mein Puls beruhigt sich, meine Gesichtsfarbe wird wieder normal und meine Hände zittern nicht mehr. Und da durchzuckt mich auch noch ein Geistesblitz: Von jetzt an werde ich, obwohl die Kinder nun flügge sind, bei jedem Wocheneinkauf ein Grossfamiliensparpaket WC-Papier kaufen, dieses dann stets als krönenden Abschluss vor den Einkaufsberg stellen, das Portemonnaie erst dann mit ruhigen Händen hervorzerren, mich dabei sogar mit dem rechten Ellenbogen lässig auf das riesige WC-Papierpaket aufstützen und mich fühlen wie Goliath! Ja sogar den Bankkarten-Code werde ich ausnahmsweise mit der Linken, aber natürlich von oben herab und ganz ohne Gedächtnislücke eintippen. Nichts wird mich in Zukunft am Samstagmorgen noch aus der

Ruhe bringen. Ich werde schon vorher selbstsicher und stoisch an der Kasse stehen, dem älteren Mann vor mir absolut routiniert und mit einer Engelsgeduld zusehen, wie er den ganzen Inhalt seines Einkaufswagens einzeln hintereinander und somit in einer unendlichen Schlange mit dem Barcode nach oben aufs Förderband legt, und mir dabei ausrechnen, dass ich bei dieser Art des Hinlegens für alle Artikel aus meinem eigenen, überquellenden Einkaufscaddie wohl mindestens einen Kilometer Förderband und die ganze Geduldsfadenspuhle der Kassenangestellten benötigen würde.

So also wird meine völlig stressfreie Wocheneinkauf-Zukunft aussehen! Und falls es mir trotz patentverdächtiger Recyclingtoilettenpapierstaumauer doch einmal zu viel werden sollte mit den ganzen WC-Rollen, werde ich ein paar Wochen lang einfach nur noch in Frankreichs Supermärkten einkaufen gehen, denn dort, gleich neben der Grenze, haben die Kassenangestellten die Anweisung, wie ich in sechzehn Jahren als Auslandschweizerin und regelmässig einkaufende Familienmutter feststellen konnte, *immer* respektvoll und geduldig zu warten, bis der Kunde alle seine Artikel eingepackt und *nach dem Einpacken* bezahlt hat, bevor sie sich dem nächsten Kunden und seinen Artikeln widmen.

Frühlingsputz statt Fahrt ins Blaue?

Frühlingsputz war nicht so Nettis Ding. Viel lieber ging sie im Frühling hinaus in die herrliche Natur, am liebsten mit dem Velo, und tankte täglich Glück und Dankbarkeit. Zum Putzen raffte sie sich wirklich nur selten auf, denn eigentlich sah sie es wie ihr halbstarker Sohn, der ihr einmal erklärte: Wenn er staubsaugen müsse, müsse es eine richtige Freude, ja eine wahre Lust sein. Es müsse genug Krumen, Staub, Haare und sonstige Partikel auf dem Boden haben, sodass man das Geräusch des Einsaugens so richtig höre und zudem den Unterschied von vorher zu nachher deutlich sähe! Er hatte ja so Recht, ihr Sohnemann, mit diesem Vorher-Nachher-Effekt. Auch Netti musste ein Resultat sehen können und lechzte danach, nach getaner Putzarbeit ein bewunderndes *Wow* aussprechen zu können. Deshalb konnte ausnahmsweise auch Fensterputzen für Netti eine kleine Freude sein, vor allem wenn sie kaum noch den Durchblick hatte und dann endlich zum genialen Mikrofasertuch griff: Ganz ohne Putzmittel, nur mit Wasser und etwas «Ellbogenöl», wie man auf Französisch mit *huile de coude* so treffend sagte, wurden die Scheiben wieder so klar wie das Glas, aus dem sie tatsächlich waren. Allerdings hatte Netti in Bezug auf unbedingt zu reinigende Flächen auch ihre eigene Störungsskala: Fett kam vor Schimmel, Schimmel kam vor Kalk und Kalk kam vor Staub. Staub störte sie am wenigsten, ja eigentlich überhaupt nicht. Er regte einen schliesslich zur Kreativität an, zum Schreiben von *Ich liebe dich* auf den normalerweise schwarzen Klavierdeckel oder zum Zeichnen von filigranen Herzchen und zarten Blümchen auf dem TV-Bildschirm. Auch mit Unordnung kam Netti je länger, je besser zurecht. Jedenfalls im Regal mit den Tupperware-Dosen und den diversen Deckeln oder in den Küchenschubladen mit all den Utensilien, die es zum kreativen Kochen brauchte. Sie hatte ein naturgegebenes, instinktives Navigationssystem und fand auch im grössten Chaos immer, was sie suchte. Nur war nicht ganz sicher, ob sie dieses auch an ihre Kinder weitervererbt hatte, und ihr Partner beispielsweise war restlos aufgeschmissen ohne ihre Orientierungshilfe in der Küche. Eigentlich war sie aber ein ordnungsliebender Mensch, schien diese Eigenschaft aber mit laufendem Älterwerden allmählich zu verlieren. In ihrem Haushalt jedenfalls. Sonst gab es nämlich sehr wohl Bereiche, wo sie nach wie vor absolut pingelig war: zum Beispiel in den Sprachen, die sie beherrschte, und in den Romanen, die sie schrieb! Grammatik war für sie in jeder Sprache etwas Grundlegendes, ein wohlgeordnetes, höchst spannendes Gefüge, an das sie sich mit Freude hielt, und in den Manuskripten gab es nie ein Durcheinander mit den verschiedenen Protagonisten, Szenen oder Dialogen. Sie führte pedantisch genau Buch, ja schrieb eine richtige Chronologie über alle Gefühlsregungen ihrer Heldinnen und Helden, über ihre Freuden und Nöte, ihr Himmelhochjauchzen und ihre Frustrationen, ihre Fettnäpfchen und ihre Erfolge, ihre Leidenschaften und ihren Liebeskummer, über ihre Kinder und Partner, über ihre Hühner, Hunde, Katzen und Kürbisse, über ihre Geburten, ihre Religionen, ihren Tod. Die Chronologie an sich war nicht sehr spannend zu lesen, es war ein bisschen wie bei «Kunst aufräumen» von Ursus Wehrli, was allerdings bei ihm urkomisch wirkte. Alle Bestandteile des Romans waren in der Chronologie in Einzelteilen aufgelistet, es war sozusagen das Kochrezept. Allerdings eines, das stets nachträglich oder parallel zum

Geschehen aufnotiert wurde. Und eines, das nur einmal verwendet werden konnte. Nämlich genau für diesen einen Roman. Jeder ihrer Texte hatte also seine ganz eigene Struktur, war insofern eine wohldurchdachte Komposition – versteckt unter einem künstlerischen Gewebe. Und gerade weil sich Netti dermassen auf ihre Texte konzentrierte, sich mit Herz und Seele hingab, vergass sie oftmals die Welt um sich herum – angefangen mit ihrem Büro, auf dem meist nur noch der Computer sichtbar herausragte, während sich die Notizen, Bücher, Broschüren und Korrespondenzen auf beiden Seiten nur so auftürmten, genauso wie in der Küche das Geschirr und im Untergeschoss die Körbe voller schmutziger oder sauberer Wäsche. Eines Tages fühlte sie sich deshalb sogar plötzlich überschwemmt, ja eingeengt und hatte beinahe das Gefühl, dem Chaos nicht mehr Frau werden zu können. Sie raffte sich also zum Entschluss auf, auch ihr reales Leben endlich wieder einmal aufzuräumen. Sie begann mit ihrem Büro, nahm sich dann die Küche vor, dann die Wohnstube mit der Bibliothek, aus welcher die Bücher nur so hervorquollen, und schliesslich auch noch ihren Kleiderschrank, den Keller und den Estrich. Alles wurde entrümpelt und geputzt. Brauchbares wurde zu «Emmaus» und zur Heilsarmee gefahren und der Rest zum Recyclinghof. Nach diesem Transport in ihrem Privatauto fand sie, sie müsse ihren ungewöhnlichen hausfraulichen Elan ausnutzen und nicht nur ihr Haus, sondern endlich auch mal ihren selten benutzten Daewoo auf Hochglanz bringen. Das klang zwar gut, entsprach aber nur der halben Wahrheit. In Wirklichkeit beschränkte sich Netti dabei nämlich aufs Staubsaugen. Das Auto hatte sie vorsorglich in die Garage hinuntergefahren und so brauchte sie nicht extra das Verlängerungskabel hervorzukramen, um den Staubsauger an die Steckdose anschliessen zu können. Sie knipste also das Licht im Innern des Autos an und tat endlich mal ihre Pflicht als Haus- und Autofrau. Danach vergass sie aber leider, das Licht wieder auszuschalten. Das war an einem Freitag. Am Montag darauf war die Autobatterie natürlich total leer. Das nervte Netti enorm, denn erstens war sie somit für ihren einmaligen Putzeifer bestraft statt belohnt worden, und zweitens hatte sie das Auto vorwärts in der Garage geparkt, was es verunmöglichte, das Auto mit Hilfe eines Zweitautos und Überbrückungskabeln wenigstens zu starten. Dazu kam noch, dass genau für diesen Montagnachmittag die Montage ihrer neuen Garagentür geplant war, auf die Netti und ihre Familie schon seit Wochen ungeduldig warteten, und wofür die Garage zugänglich und leer sein musste. Gestresst rief sie den Pannendienst an, der noch am frühen Vormittag prompt eintraf und das Auto per tragbarem Akku in fünf Minuten startete. Netti brauchte sich bloss noch hinters Steuer zu setzen, rückwärts die steile Garagenrampe hinauf- und eine Stunde lang ziellos und angespannt in der Gegend herumzufahren, um die Batterie wieder aufzuladen. Sicherheitshalber bat sie den wortkargen Pannendienstler, er solle doch bitte warten, bis sie zur Garage herausgefahren sei. Mechanisch drehte sie also den Autoschlüssel, um das Auto zu starten, dessen Motor ja bereits seit fünf Minuten lief, und würgte ihn somit gleich wieder ab. Es war ihr oberpeinlich, dass der Pannenhelfer seine Arbeit gleich nochmals ausführen musste. Mit stoischer Miene holte er das Ladegerät wieder aus seinem Fahrzeug, um das Auto zum zweiten Mal zu starten, und Netti malte sich in ihrem Geiste selber aus, was er nun wohl von weiblichem Autoverständnis halten mochte. Diesmal schaffte sie es, den Motor nicht abzuwürgen und aus der Garage rückwärts die steile Rampe hinauszufahren. Sie winkte dem Pannen-helfer zum Dank, stieg bei laufendem Motor, aber mit an-gezogener Handbremse aus dem Auto, um die Garagen-tür zu schliessen und um noch schnell den Service-Zettel des Pannenhelfers zu unterschreiben, und fuhr statt mit dem Velo, wie sie es üblicherweise tat, mit ihrem hellgrü-nen Daewoo ins Blaue, durch die strahlende Frühlings-landschaft, vorbei an leuchtend gelben, hohen Raps- und betörend blauen, niedrigen Leinfeldern. Einmal musste sie sogar scharf bremsen, weil ein Feldhase plötzlich quer über die Strasse rannte, und sie war froh, dass nur sie selbst völlig platt war. Als sie dann aber weitere fünf Mi-nuten später am Strassenrand auch noch einen prächtigen Fasan mit langem Schwanz schreiten sah, vergass sie sich vor Staunen ganz. Sie bremste, stellte gewohnheitsmässig den Motor ab und stieg aus, um den seltenen Vogel zu fo-tografieren. Nachdem sie das wunderschöne Tier, das nicht einmal scheu war, ausgiebig abgelichtet hatte, stieg sie wieder ins Auto, aber der Motor sprang natürlich nicht mehr an. Netti seufzte, kramte in ihrer Handtasche nach ihrem Handy, das sie im Gegensatz zu ihrem kleinen Fo-toapparat nur für den Notfall dabei hatte, telefonierte dem Pannenhelfer und erklärte ihm, sie benötige seine Hilfe er-neut. Seine Gedanken konnte Netti zwar auch jetzt nicht lesen, schon gar nicht übers Telefon, aber an seinem un-gläubigen Tonfall merkte sie, dass er sich wahrscheinlich vorstellte, sie habe wirklich einen Vogel. Und damit hatte er ja nicht einmal ganz Unrecht.

Kichererbsen

Der Zyklop

Sie können sich gar nicht vorstellen, was ich jeden Tag schlucken muss, 365 Tage im Jahr und ohne einen einzigen freien Tag: schmutzige Unterhosen, stinkende Socken, miefige Turnschuhe, verschwitzte BHs, speckige Kragen und so weiter. Die Liste ist so endlos wie Sisyphus' Job und beinahe so frustrierend, aber ich werde mich nicht weiter beklagen, denn dies ist nun mal die Aufgabe, für die ich bestimmt wurde, und so sind die Dinge eben: Als Zyklop kann man kein Ambrosia erwarten. Und überhaupt, dank des Wassers, des Kalkkillers und des Waschpulvers wird das ganze Zeugs ein bisschen schmackhafter, und dann gelingt es mir manchmal sogar, den Schmutz richtig zu vergessen. Immerhin wurden schon Filme gemacht über mich und meine einäugigen Kollegen. Kein Wunder, denn verrückte Katzen, dämliche Mister Beans, schmutzige Karotten und Schwarzgeld gehören unter vielem anderen zu den Dingen, die schon in unseren Trommeln gewaschen wurden. Auch schrecklich viel Werbung wurde schon produziert für uns. Ich bin nämlich stets bestens informiert, denn ich erhalte alle Nachrichten durch die metallenen Wasserröhren von den andern, da wir schon immer ausgesprochen gut vernetzt waren auf dieser globalen Welt, lange vor dem nun allgegenwärtigen Internet und seinem Siegeszug bis auf den entlegensten Flecken der Erde. Und ich habe die Nase voll von all diesen Stereotypen und Klischees. Ich könnte Ihnen natürlich von Männern erzählen, die nicht einmal fähig sind, ihre Wäsche korrekt zu sortieren oder auf den richtigen Knopf zu drücken, oder über Frauen, die dieses oder jenes Waschpulver anpreisen, das mit unserer Hilfe natürlich weisser als weiss wäscht, oder auch von Jugendlichen, die beinahe depressiv werden, wenn sie entdecken, dass ihr oranges Lieblings-T-Shirt bei 90° die Form und die Farbe gewechselt hat. All dies aber sind nur ultrabanale, todlangweilige Gemeinplätze. Kurz gesagt: Darum geht es mir überhaupt nicht! Was sich nämlich vor mir abspielt, hat rein gar nichts zu tun mit so oberflächlichen Dingen wie menschlichem Schmutz und industriellem Waschpulver! Es sind zutiefst menschliche Szenen, ja existentielle Erfahrungen, die sich vor mir abspielen und die ich Ihnen nun beschreiben will, denn ich wette, Sie haben noch nie so ein sensibles und scharfsinniges Gerät wie mich gesehen! Ich stehe ihnen nämlich täglich gegenüber, diesen depressiven, verzweifelten Hausfrauen, die vor meinem Glasauge sitzen und die sich nicht etwa von ihrem eigenen Spiegelbild hypnotisieren lassen wie Narziss, sondern von der Drehbewegung meiner Trommel, während sie erkennen, dass ihr ganzes Leben nichts anderes ist als eine ständige Wiederholung, voller undankbarer Arbeit, weder bezahlt noch anerkannt, ein Leben, das sich immer gleich weiterdreht, einmal nach rechts und dann wieder nach links. Ein Leben, das unaufhaltbar zerrinnt, manchmal kalt, selten heiss, aber meist wie ein laues Wischiwaschi. Obwohl ich nur ein Zyklop bin, sehe ich sie in ihren Augen, ihre bittere Enttäuschung und Unzufriedenheit über ihre begrabenen Träume und ihr vergeudetes Potential. Ihre Augen widerspiegeln all ihre Gedanken, und wenn sie denken, sie würden mich betrachten, so bin tatsächlich *ich* derjenige, der sie scharfsinnig beobachtet, und ich sehe sie deshalb auch, wie sie seufzen, stöhnen, schluchzen und manchmal immer atemloser werden, wenn sie sich, geradewegs vor mir, aus ihrer Hausfrauenroutine in ihre Tagträume und ihr imaginäres Elysium wie in stupide Seifenopern flüchten. Mir entgeht nichts! Die Art und Weise, wie sie die schmutzige Wäsche mit ihren Armen umfangen, wie sie sie mit ihren Händen packen, wie sie sie mit ihren Fingerspitzen berühren, die Art, wie sie sie in meine Trommel legen, werfen, stopfen oder schmeissen, gleichgültig, angeekelt, gehässig, aggressiv ... Einmal bekam ich sogar Angst vor einer dieser Frauen, die mit einem riesigen Hammer, grimmigem Gesicht und vor Wut blitzenden Augen daherkam. Ich hatte aber Glück, denn sie hämmerte ihren aufgestauten Zorn und Frust in den Boden und verschonte mich, während Funken und Betonsplitter nur so durch die Luft flogen. Als sie fertig war, brach sie schliesslich in Tränen aus, und mir wurde ganz komisch. Diese Waschküchentragödie war nämlich alles andere als trivial, das merkte ich sofort. Für diese couragierte Hausfrau war es ganz offensichtlich eine kathartische Erfahrung, denn sie hörte plötzlich auf, illusionäre Seifenblasen zu blasen und begann damit, stimulierende und konstruktive Ideen ineinander zu verstricken, ihr Potential aufzudecken und sich bewusst zu werden, dass jede Änderung nur aus ihrem eigenen Selbst kommen konnte. Und so hängte sie ihre frisch gewaschenen Stücke mit plötzlichem und erstaunlichem Elan an die Wäscheleine, als komponierte sie die verheissungsvolle Melodie ihrer eigenen Zukunft mit den duftenden Slips, Socken und BHs!

Im Hühnerparadies

Vielleicht lag es daran, dass ich sie an einem Freitag,
dem Dreizehnten kaufte. Vielleicht war das wirklich
schon ein böses Vorzeichen, das ich völlig ignorierte, als
ich wieder einmal voller Vorfreude mit meinem blauen
Katzenkorb, den ich auf dem Velo befestigt hatte, zum
Markt in die Stadt fuhr. Sicher war ich mir ja nicht, ob der
Händler wirklich wieder auf dem Markt sein würde. Es
ging nämlich eine leichte Bise und es war ziemlich kalt,
trotz Sonnenschein. Vorerst stiess ich mein Velo an den
verschiedenen Gemüse-, Früchte-, Fleisch-, Fisch- und
Kleiderständen vorbei, aber ich sah es, in Reih und Glied,
nur auf dem Grill der Chinesen und Araber, das Geflügel,
das ich suchte – die fleischliche Hülle sozusagen auf dem
Höllenspiess und die beflügelte Seele hoffentlich im Hühnerparadies. Ich stiess mein Velo also weiter, bis an den
Rand des Marktes und – Halleluja – da war er ja, der Ge-
flügelhändler, der vor seinem Lieferwagen und unter
dem aufgeklapptem Dach in kleinen Käfigen Sussex-
Hühner, Perlhühner, Junghähne, Laufenten, Zwergka-
ninchen und Türkentauben feilhielt. Die Perlhühner
wirkten besonders kurios mit ihrem nackten schwarzen
Hals und ihren bleichen rosa Kehllappen, die ihnen auf
beiden Seiten des Schnabels herunterhingen wie kleine,
aufgeblasene dreieckige Fleischkissen. Auch zwei weisse
flaumige Zierhennen waren ausgestellt, und ich geriet
ernsthaft in Versuchung, mir endlich einmal ein solches
Huhn zu leisten. Etwas teuer waren sie zwar schon, dreimal so teuer wie die Sussex-Hühner, aber ich stellte mir
jetzt schon das Gelächter meiner Söhne, meines Mannes
und sämtlicher Nachbarn, Freunde und Bekannten vor,

wenn sie so ein Geflügel in unserem Garten antreffen würden. Die Henne schaute einfach zum Wiehern aus und deshalb war es vielleicht ganz gut, dass sie selber ihre überzüchteten Kolleginnen und auch sonst womöglich überhaupt nichts sehen konnte. Die Augen waren unter dem weissen Federschopf nicht auszumachen und wahrscheinlich waren diese Zierhühner nicht nur nachts, wie alle Hühner, sondern auch tagsüber blind. Ich erkundigte mich nach der Eierleistung, aber der Händler stellte gleich klar: Zierhühner seien tatsächlich zur Zier da, nicht fürs Eierlegen. Sei man auf Eier aus, lohne sich diese Rasse überhaupt nicht. So verwarf ich die Idee wieder. Zierhühner hatte ich seit einem halben Jahr im Grunde ja schon, nämlich meine zwei dreieinhalbjährigen Hennen, die nur noch hie und da ein Ei legten, dafür aber weiterhin sehr gefrässig waren und dank unseren Küchenabfällen und ihren täglichen Regenwurmorgien ein nie da gewesenes, stattliches Gewicht von mehr als vier Kilo erreicht hatten. Die zwei alten Damen verzierten unsere Betonterrasse und unseren Garteneingang regelmässig und völlig ungeniert – ohne uns dafür wenigstens noch mit frischen Eiern zu entschädigen. Nein, ich wollte keine Zierhühner, entschloss ich auf dem Markt, sondern richtige, robuste, langlebige, fleissig Eier legende Sussex-Hühner! Ich wählte also ein Braunes aus, wobei der Händler es ein «Rotes» nannte, und ein Schwarzes, dessen Gefieder am Rücken grünlichblau schimmerte. Der Händler steckte die Hennen ohne Federlesens in meinen Katzenkorb und holte für den nun leeren Käfig, der auf dem nackten Asphalt stand, gleich wieder Nachschub aus einem der vielen flachen orangenen Plastikharasse auf dem Lieferwagen, wo die ganze restliche Hühnerladung zusammengekauert ihres Schicksals harrte. Sie taten mir immer leid, diese zusammengepferchten Viecher, und ich kam mir bei jedem Kauf, auch früher schon, immer vor wie ein rettender Engel, der einen Gefangenen freikauft. Bei mir sollten sie es nämlich schön haben und mein Garten sollte ein richtiges Hühnerparadies für sie sein! Artgerecht sollten sie auf 600 Quadratmetern nach Herzenslust herumflattern, scharren, grasen, sandbaden und mir zum Dank Eier legen – und eines schönen Tages natürlich auch sterben können. Ich hielt meine Hühner immer für Glückspilze und ich glaube, sie waren es jeweils auch, bis mal wieder ein Fuchs oder ein streunender Hund eine nächtliche Runde drehte, wenn wir vergessen hatten, die Stalltür zu schliessen. Der Händler fragte mich, ob ich noch andere Hühner hätte, was ich bejahte. Ich solle sie dann am Abend alle mit dem gleichen Parfüm besprühen, damit sie alle den gleichen Geruch hätten und sich besser akzeptieren würden. Ich bedankte mich für den Tipp, denn ich wusste aus Erfahrung, dass es eigentlich sehr heikel, ja mörderisch war, neue Tiere in eine bereits bestehende Hühnerhierarchie zu integrieren. Aber ich hatte keine Wahl: Entweder die alten Hennen vertrugen sich mit den jungen Hühnchen oder die ältere Generation musste der jüngeren Platz machen und ihr Leben lassen. Ich fuhr also mit meinen zwei gefiederten Fräuleins durch die Stadt, allzu lange war mein Weg ja nicht, und stellte sie dann im Korb ins Hühnergehege, nachdem ich die alten Hühner in den Garten gelassen hatte, wohin sie sonst erst ab Mittag durften. Völlig erstaunt über die verfrühte Freiheit zogen sie von dannen und kamen erst wieder, als die zwei jungen Hühnchen es nach leichtem Zögern gewagt hatten, aus dem Korb herauszukommen und sich von mir fotografieren zu lassen. Sie waren wirklich erstaunlich zutraulich, pickten sogar an meinen Schuhen herum und erkundeten nach einer Weile das Gehege. Die Körnermischung, die ich ihnen hinstreute, ignorierten sie völlig, aber das wusste ich auch aus Erfahrung, dass die Massenhaltungshühner mehrere Tage hungern und mit den Körnern wie mit Steinchen spielen, statt sie zu fressen – nur weil der Mensch sie an diesen grässlichen Industriebrei gewöhnt hat. Es regt mich jedes Mal auf, dass sie dermassen denaturiert sind, dass ich sie zuerst eine Weile mit eingeweichten Haferflocken bei der Stange halten muss. Die Präsenz von zwei alten Hühnerdamen, die alles Fressbare – inklusive Mäuse – gierig in sich hineinschlangen, war da natürlich ein unschätzbarer Vorteil, aber vorerst mussten die vier ein paar Tage durch das Drahtgeflecht des Geheges voreinander geschützt sein. Ich liess die Alten also den ganzen Tag draussen, und da ich gegen Abend einen Termin bei der Friseuse hatte, konnte ich nicht gleich beim Einnachten zum Rechten schauen. Als ich aber um halb sieben nachhause kam, hockten die Alteingesessenen überraschenderweise im Stall, während die Jungen in der Dunkelheit im Gehege herumirrten. Mein Sohn hatte den alten Hennen wahrscheinlich das Tor zum Gehege geöffnet, vermutete ich, aber als ich ihn danach fragte, verneinte er. Wie waren meine zwei Sumo-Hühner also in den Stall gekommen, obwohl das Tor des Geheges zu war? Es war mir ein einziges Rätsel, denn zwei Meter hoch übers Gehege fliegen, das schafften die Schwergewichtlerinnen bestimmt nicht mehr. Ich nahm mir vor, die beiden beim nächsten Einnachten genau zu beobachten. Ich musste mit eigenen Augen sehen, wie sie das geschafft hatten. Vorerst aber trug ich die zwei jungen Hühner in den Stall. Da es dunkel war, gab's keinen Streit, und das Parfüm – ich hatte noch einen Rest Opium übrig – kam nun zum Einsatz. Ich sprühte das Produkt von Yves Saint

Laurent grosszügig auf die vier Damen, in der Hoffnung, vor allem die alten zu täuschen. Am anderen Morgen dann – es war Samstag – stand ich besonders früh auf, aber im Hühnerstall war trotz Opiumduft bereits der Teufel los! Die Alten liessen sich im Morgengrauen nicht mehr täuschen und quälten die jungen Eindringlinge, die in ihrem Revier nichts zu suchen hatten. Sie hackten gnadenlos auf den Jungen herum, besprangen sie genau wie Hähne regelrecht mit ihren vier Kilo Lebendgewicht und machten ihnen die Hierarchie auf brutalste Weise klar. Ich konnte das nicht mitansehen und trennte sie schon morgens um sieben, noch bevor es ganz hell und obwohl die Welt sonst um diese Zeit noch in Ordnung war. Die neuen Hühner blieben weiterhin im Gehege, die alten Damen schickte ich mit ein paar rationierten Körnern und ein paar sehr rachsüchtigen, blutrünstigen Gedanken nach draussen direkt in den Garten. Das schien ihnen aber nicht zu passen, obwohl sie doch sonst gerne im Garten waren, wo sie nach Lust und Laune nach Käfern und Regenwürmern scharren, kleine Haselmäuschen jagen und mir auch regelmässig und gründlich den Komposthaufen umgraben oder die Eingangstreppe verscheissen konnten. Sie belagerten das Hühnergehege auf der Gartenseite, gackerten in langgezogenen, sehr vorwurfsvollen Tönen und verstanden ihre kleine Welt nicht mehr. Wie um ihr Leben zu sichern, legten sie sogar plötzlich selber wieder je ein Ei im Garten, nämlich hinter dem Lavendelstrauch auf der Vorderseite des Hauses. Nach einer Weile fing es auch noch an zu regnen und die Alten suchten sich einen Unterschlupf im Garten, während die Jungen völlig dämlich im Regen standen, statt in den weit offenen Stall hineinzugehen, bis sie völlig durchnässt waren und ich mir Sorgen machte, dass sie krank werden könnten, weil sie es noch nicht gewohnt waren, jedem Wetter ausgesetzt zu sein. Gegen Mittag liess ich die jungen Hühnchen auch in den Garten hinaus und dort konnten sie sich immerhin vor den Attacken der anderen in Sicherheit bringen und zu zweit je eine Partei gründen. Beim Einnachten sperrte ich die Jungen ins Gehege und sie fanden den Weg in den Stall schon allein, während die alten Damen, die ich von Weitem beobachtete, eine Weile sehr gestresst draussen vor dem geschlossenen Gehege herumtrippelten. Ich wollte ihn nun sehen, den verblüffenden Zaubertrick, aber am Ende war die Lösung ziemlich banal. Trotz ihrer unanständigen Leibesfülle konnten sie sich durch das oben mit einem Seil geschlossene, aber unten nur angelehnte Maschendraht-Tor des Geheges quetschen. Das hatten sie in ihrem ganzen Leben nie probiert, sie hätten nämlich auch auf die gleiche Weise aus dem Gehege herauskommen können, tagsüber, wenn ich mal Verspätung hatte beim Rauslassen in den Garten. Nun war es also wieder dunkel und es herrschte Ruhe im Stall. Ich wünschte gute Nacht und ging frohgemut ins Haus. Ich hatte den Eindruck, die zwei unterschiedlichen Generationen würden sich mit der Zeit doch noch verstehen oder zumindest ignorieren. Tatsächlich ging es mit jedem Tag besser, die Attacken liessen nach und zudem waren die zwei jungen wirklich viel zutraulicher als alle früheren Hühner, abgesehen von jenen, die wir als Küken vom Markt geholt hatten, als die Kinder noch klein gewesen waren. Was für ein Abenteuer aber auch: Damals hatten wir vier Stück gekauft, wussten aber nicht, ob es Weibchen oder Männchen waren, und hatten nicht einmal eine Wärmelampe oder spezielles Kükenfutter besorgt. Das war natürlich schon ein bisschen verantwortungslos gewesen, aber wenn man bedenkt, dass die männlichen Küken in der Hühnerindustrie gleich nach dem Schlüpfen millionenfach geschreddert werden, wenn es Männchen sind – denn Spezialisten wissen das Geschlecht natürlich schon zu erkennen – oder wenn man bedenkt, dass die weiblichen Küken, wie der aufwühlende Film «Our Daily Bread» von Nikolaus Geyrhalter zeigt, wie knallgelbe Pingpongbälle auf Förderbändern transportiert werden und von dort auch mal herabstürzen – dann hatten es die Küken trotzdem gut bei uns gehabt, obwohl die zwei helleren Tierchen leider schnell eingingen. Die zwei Schwarzen waren hingegen robuster und schafften es vielleicht auch besser, weil sie beim Einnachten immer herzzerreissend piepsten, bis wir sie jeweils in unsere Hände nahmen, wie unter die Fittiche ihrer nie gekannten Mütter, wodurch sie sich sofort beruhigten und friedlich einschliefen. Es wurden zwei Junghähne aus ihnen, auch nicht so ideal fürs erträumte Eierlegen, und weil zu der Zeit hier bei uns in Frankreich gerade Chirac und LePen als Präsidentschaftskandidaten in den Schlagzeilen waren, tauften wir die Junghähne Jean-Marie und Jacques. Jean-Marie hatte Pech, er schied als Erster aus, denn er wurde vor unseren Augen von einer hungrigen schwarzen Katzenmutter entführt und nie mehr gesehen. Jacques durfte noch eine Weile weiterleben, aber weil er später als erwachsener Hahn sehr aggressiv wurde, war er in unserem Suppentopf gelandet.

Ja, was hatten wir nicht schon alles erlebt mit unsern Hühnern: Einmal hatten wir auch eine richtige Glucke gehabt, die unbedingt Eier ausbrüten wollte, was sich darin zeigte, dass sie eines Tages mit erhöhter Körpertemperatur aufgeplustert in einer Ecke des Stalles auf ihren Eiern hockte und nur noch zum Trinken nach draussen ging. Weil wir aber damals keinen Hahn mehr hatten, schoben wir ihr befruchtete Eier unter, die eine Bekannte, die eine grosse Schar Hühner und einen Hahn besass, vorbeigebracht hatte. Das Ausschlüpfen der Küken war natürlich ein besonderes Ereignis, aber auch hier sahen wir wieder, wie grausam die Natur sein konnte. Ein Küken schaffte es längere Zeit nicht richtig aus dem Ei, und als es mit etwas Hilfe von mir endlich schlüpfte, blutete es leicht am Hinterteil. Da kam die Glucke daher und begann am Küken herumzupicken, bis mir beinahe schlecht wurde und ich mich mit Übelkeit verzog, weil ich nicht mitansehen wollte, wie die Mutter das eigene Kind frass. Die überlebenden gesunden Kinder aber beschützte die Glucke, die ich von da an Glucke Courage nannte, sehr effizient! Als einfaches Huhn war sie nämlich eher ein ängstlicher Typ gewesen, doch als junge Mutter mit Verantwortung für acht Kinder riss sie jeder Katze, die sich in ihre Nähe wagte, gleich büschelweise Haare aus.

Wie grausam die Natur auch sonst war – wie's ständig ums Fressen oder Gefressenwerden ging –, merkte ich dann wieder, als ich am Freitagmorgen, genau eine Woche seitdem ich die jungen Hühnchen gekauft hatte, zum Hühnerstall ging. Ich war etwas spät dran, es war schon taghell und die verdächtige Stille im Garten war mir sofort unheimlich. Noch bevor ich das Gehege erreichte, sah ich vor dem Stall etwas Undefinierbares liegen. Beim Näherkommen erkannte ich, dass es eine der alten Hühnerdamen war, die Schwarze, die mit ausgestreckten Füssen auf dem Rücken lag – ohne Kopf. Gleich danach sah ich, völlig verdattert, auch das Riesenloch in der hölzernen Seitenwand des Stalles. Die blutrünstige Bestie, wahrscheinlich ein Fuchs, hatte doch tatsächlich ein Riesenloch ins schon etwas morsche Holz gerissen und kurzen Prozess gemacht. Drinnen lag noch die pummelige weisse Henne, ebenfalls totgebissen, aber die zwei jungen

Hühnchen waren verschwunden. Als ich dann im Garten nach ihnen suchte, fand ich hinter dem Lavendelstrauch noch die schwarze Junghenne, ebenfalls geköpft. Von der braunen Junghenne fehlte jedoch jede Spur – abgesehen von ein paar weichen, braunen Federnbüscheln vor unserem Garteneingang, die noch von kleinen roten Fleischklümpchen zusammengehalten wurden und sich im lauen Frühlingswind leicht hin und her bewegten, wie wenn sie mir zum Abschied zuwinken würden. Ohne viel Hoffnung lief ich noch bis zur Hauptstrasse ein paar Meter weit entfernt von unserem Haus, aber ausser ein paar Blutstropfen gab es keine weiteren Indizien mehr. Nur im Hühnergehege und im Stall hatte es natürlich noch massenhaft weisse und schwarze Federn sowie die abgerissenen Holzstücke und einige Klumpen aus halbverdautem Mais gemischt mit Gras: der Kropfinhalt oder, anschaulicher ausgedrückt – die Henkersmahlzeit meiner gefrässigen alten Damen. Frustriert holte ich mir einen Abfallsack im Haus und entsorgte die schweren Hühnerkadaver darin. Wahrscheinlich flatterten sie bereits im jenseitigen Hühnerparadies herum, wo es auf jeden Fall keine Hühnerhierarchie und keine hungrigen Füchse mehr gab, tröstete ich mich. Dann stellte ich ihre sterblichen Überreste in die kühle Garage, ging ins Haus zurück, schaltete in meinem Büro mit dem Blick auf das leere Hühnergehege den Computer ein und leerte meinen Kropf bei meiner mitfühlenden Facebook-Community.

Traumhafter Ausritt

Den Wind im Haar, die Sonne im Gesicht und das Glück im Herzen! So geht es im schnellen Galopp rassig voran. Eine richtige Reithose besitzt sie nicht, auch keine eleganten schwarzen Reitstiefel aus Leder, aber auch mit Jeans und gelben Gummistiefeln ist sie bestens ausgerüstet. Auch eine Gerte braucht sie keine, das Pferd kennt sie und lässt sich mit einem leichten Schenkeldruck in die Seiten problemlos antreiben. Sie lässt es nun eine Weile traben und zügelt es schliesslich, bis es wieder im Schritt geht. Nun beugt sie sich über die Mähne des schnaubenden Tiers, flattiert ihm den breiten, glatten Hals. Eine Weile wird es noch dauern, bis sie im gemütlichen Schritttempo ihr Ziel erreichen. Sie will das Vergnügen absichtlich etwas hinauszögern, bis sie dort sind: an diesem Meer mit seinem wunderbaren Sandstrand! Dort, genau dort, am schäumenden Meer entlang, will sie heute nämlich galoppieren, wie Basil, der kleine, mutige Feuerschluckerjunge in der traumhaften Kinderfilm-Serie auf dem grossen, schwarzen Pferd und ganz ohne Sattel. Hach, allein von der Vorstellung bekommt sie eine Gänsehaut!

Vor lauter Begeisterung treibt sie ihr Pferd erneut an. Wie schön, dass sie heute wieder auf der herrlichen Janja reiten darf, die sogar fast so heisst wie sie. Janja ist nämlich ein besonderes Pferd. Ihr Gang ist so ganz anders als bei den anderen Pferden. So weich und sanft wie ihr Name klingt, genauso geht Janja, wie wenn sie mit ihren Hufen durch Watte traben würde. Nicht etwa, dass sie als Pferdenärrin Spezialistin wäre. Nein, nein, so weit ist sie noch lange nicht mit ihren Erfahrungen als Reiterin, aber den Unterschied von einem Pferd zum anderen spürt sie bereits. Der weisse Schimmel Aladin zum Beispiel – leider kein so schöner Apfelschimmel wie der «kleine Onkel» von Pippi Langstrumpf – hat, trotz seines geheimnisvollen exotischen Namens aus «Tausend und Eine Nacht», mit seinem unangenehm harten und holprigen Gang, rein gar nichts von einem tänzelnden, feurigen Araber. Heute aber hat sie wieder einmal «ihre» Janja, die ihr natürlich auch nicht richtig gehört, sondern im Besitz des Reitstalls ist, wo sie jeweils einmal wöchentlich in die teure Reitstunde darf. Nur – in der Reitstunde gefällt es ihr eigentlich gar nicht so gut. Erstens findet diese ständig in der Reithalle statt, nie draussen in der Natur, und zweitens schreit der Reitlehrer Reitschüler wie sie ständig an, ja scheisst sie so richtig zusammen. Auch um die Pferde dürfen sich die Reitschüler nicht kümmern. Nur Absatteln ist erlaubt und das Waschen des glitschigen Zaumzeugs. Wenn's hoch-kommt, dürfen sie sogar einmal ein Huf auskratzen. Sie seufzt, plötzlich etwas traurig geworden. Aber du meine Güte, was ist denn mit Janja los? Sie ist ja völlig aus dem Gang gefallen. Hat sie womöglich ein Hufeisen verloren oder lahmt sie plötzlich? Sie zieht brüsk an den Zügeln und bringt Janja zum Stehen. Dann schwingt sie das rechte Bein über den Sattel und begutachtet seufzend den platten Pneu ihres Velos.

Staubsaugerperspektive

Sie ist eine treue Seele. Seit mehr als einem Vierteljahrhundert braucht sie den gleichen Handmixer, das gleiche Bügelbrett, das gleiche Bügeleisen, die gleiche Waschmaschine, die gleiche Nähmaschine, MICH – den gleichen Staubsauger –, und auch den gleichen Ehemann. Ohne uns kann sie sich ihr Leben nämlich nicht vorstellen, sie fühlt sich richtig – ja schicksalshaft – mit uns verbunden. Es geht auch wirklich immer noch sehr gut mit uns allen, nur der Mixer hat einen Rührbesen verloren. Aber auch einarmig lässt sich mit ihm immer noch ausgezeichnet Rahm steif schlagen und auch Eier kann man mit ihm zum Schäumen bringen. Auch das Bügelbrett steht ihr stets zu Diensten, nur der Überzug, übrigens kein Original, sondern ein kitschig mit Blümchen bedrucktes Exemplar von einem Markt im italienischen Luino, das sie auf einem Abstecher in frischvermählten Zeiten gekauft hat, wie sie immer wieder rumerzählt, sieht nicht mehr ganz jungfräulich aus. Braune Flecken zieren das obere Ende, aber die sind nicht von ihr, sondern von ihren halbstarken Jungs, die wohl aus Protest und Rache an der auf juvenile Selbständigkeit pochenden Rabenmutter den Stoff verbraten, wenn sie vom Bügeln der eigenen Hemden, T-Shirts und Jeans genug haben. Die Waschmaschine ist auch noch quietschfidel – also vor allem quietsch – und mit zunehmendem Alter wird sie sogar je länger, je beweglicher. Manchmal hüpft sie beinahe in die Badewanne, vor allem wenn sie einen Anlauf zum Auswinden nimmt, und da bleibt man ihr besser nicht zu nah, vor allem mit den Zehen. Die Nähmaschine, die vor ein paar Jahren bereits ihren fünfzigsten Geburtstag feiern konnte – sie wurde nämlich 1962 gekauft und kann ihr stolzes Alter sogar mit einem Garantieschein beweisen –, rattert zwar etwas laut beim Nähen und leidet hie und da an einem Wackelkontakt, aber ein bisschen zittrig darf man in dem Alter schon sein und von Parkinson ist sie noch weit entfernt. Auch ich, der Staubsauger, schlucke immer noch den grössten Dreck, nur wird es langsam schwierig für die Herrin des Hauses, passende Beutel zu bekommen. Vielleicht wird sie meinen letzten prallweichen Staubbauch einfach aufschlitzen – wie damals, als sie mich aufschnitt, weil ich zu ihrem Schrecken die Computertastatur eingesaugt hatte –, den Inhalt in den Abfall kehren und die Öffnung nach gelungener Operation wieder zukleben, um den Beutel weiterzuverwenden. Vielleicht wird sie dabei sogar eine Maske brauchen, damit sie keinen Hustenanfall oder gar eine Staublunge bekommt. Ja, vielleicht werden die Staubkörner auch ihre Augen reizen und sie zum Weinen bringen, aber das passiert schliesslich nicht alle Tage und gehört einfach zum Leben in Beständigkeit. Genau daran hängt sie nämlich, am Verlässlichen, Vertrauten, Langlebigen und Nützlichen. Sie gehört nicht zu denen, die die Weltwirtschaft mit ihrem unersättlichen Konsum in Schwung halten, sie wechselt nicht einfach den Apparat, sie kauft nicht einfach ein neues Modell, wenn das alte mal einen Moment lang spukt oder ihr mit seinen Macken gehörig auf den Geist geht. Es hat nämlich auch seine ausgesprochen guten Seiten und funktioniert hervorragend, wenn man nur richtig und geduldig mit ihm umzugehen weiss oder zwischendurch auch mal das eigene Verhalten ihm gegenüber in Frage stellt. Schliesslich hat das alte Modell es mit ihr auch nicht immer einfach. Den Bügelbrettüberzug, den hat sie wohl in fünfundzwanzig Jahren nie gewaschen,

das Bügeleisen spuckt ihr vorwurfsvoll und mit kolikver-
zerrter Dampfsohle die Kalkkörnchen aufs dunkle Samt-
hemd, weil sie zu faul ist, es regelmässig zu entkalken.
Auch der Mixer ist geduldig, bringt sie doch die zähflüs-
sigen Lebkuchenteige stets auf niedrigster Stufe zum
Schäumen, obwohl die Höchststufe dazu vorgesehen
wäre, damit der Motor sich nicht zu sehr erhitzt. Und
auch die Waschmaschine schäumt hie und da vor Wut,
weil ihr Filter mal wieder verstopft ist und weil die dicke
Daunendecke einfach ihre Kapazität übersteigt. Sogar die
Nähmaschine hat manchmal ein völliges Blackout, weil
sich in all den Jahren niemand um ihr lädiertes An-
schlusskabel gekümmert hat. Ja, man hat es wirklich nicht
leicht, mehr als ein Vierteljahrhundert den Haushalt mit
ihr zu teilen. Sie ist in der Hinsicht keine Perfektionistin,
aber die Hemden werden immerhin glatt, die Stube wirkt
einmal pro Woche einigermassen staubfrei, die Wäsche
wird sauber, die aufgerissenen Kleidernähte werden jedes Schaltjahr geflickt und die Lebkuchen können sich
nicht nur sehen lassen, sondern sind sogar essbar. Und
was sollte sie denn mit einem neuen Apparat? Erstens
würde sie bei all den möglichen High-Tech-Modellen
ganz arg unter der Qual der Wahl leiden und würde wer-
weissen müssen, ob das Modell wirklich für ihren Haushalt und ihre Anatomie geeignet ist. Eine Garantie gibt es
in der Hinsicht schliesslich nicht. Dann müsste sie auch
die Gebrauchsanweisung wieder ganz genau studieren,
müsste sich auf neue Geräusche und Macken einstellen,
müsste ihren Jungs auch noch beibringen, wie sie damit
umzugehen hätten – etwas, was in dem Alter kein leichtes
Unterfangen ist, denken sie doch in ihrer Altklugheit, sie
wüssten sowieso schon alles. Nein, ihr Entschluss steht
fest: Sie bleibt beim wohlvertrauten, geliebten Alten.

Das Glücksschweinchen

Zu Schweinchen habe ich ein etwas ambivalentes Verhältnis. Ich mag sie, vor allem als Glücksbringer aus Marzipan ganz besonders, aber auch als Bilderbuchschweinchen draussen in der Natur, wenn sie so richtig artgerecht gehalten werden, mit viel Platz unter freiem und oft blauem Himmel, mit einem Tümpel zum Suhlen, mit jeder Menge feuchter Erde zum Rumwühlen, mit einer riesigen Grasweide und einem schattenspendenden Unterstand mit viel Stroh. Zugegeben, essen würde ich sie nicht, obwohl sie mir, da ich nicht Vegetarierin bin, vielleicht als Porco-Fidelio-Schinken schon schmecken würden. Ich esse sie aus Solidarität mit meinem muslimischen Ehemann nicht, denn der Islam verbietet den Verzehr von Schweinefleisch, genau wie das Judentum, und vielleicht war es früher, in der heissen Wüste Arabiens, tatsächlich schneller verderblich, das fettreiche Fleisch der Schweine, und wurde deshalb zum verbotenen Fleisch. Abgesehen davon darf man nicht vergessen, dass das Schwein auch in unserem Sprachgebrauch allgemein eher schlecht wegkommt, vor allem als Schimpfwort. Aber mir ist das eigentlich egal, Schweinchen finde ich einfach herzig, mit ihren lustigen Steckdosenrüsseln, die sie schnuppernd auf und ab bewegen, wie feuchte rosa Tellerchen, mit ihrem Korkenzieherschwanz und ihren grossen, abstehenden Yoda-Ohren. Nur die Augen finde ich eigentlich zu klein, aber dafür haben sie hübsche Wimpern dran. Und das Quieken klingt auch nicht gerade wie ein Gesang in meinen Ohren, da höre ich lieber muhende Kühe. Wenn ich aber ein bisschen Brainstorming zum Thema Schwein mache, steht an erster Stelle auf jeden Fall das kleine rosa

Marzipanschweinchen, das ich als Kind manchmal zu Weihnachten geschenkt bekam, und dessen Farbe, im Vergleich zur rosa Kitschwelle, die heutzutage stereotyp für jedes Mädchen alljährlich unter die Weihnachtsbäume schwappt, immerhin annähernd der natürlichen Farbe des Tieres entsprach. Viel später dann schenkte mir meine beste Schulfreundin einmal ein rosa Plüschschwein, das vielleicht, noch ein paar wenige Jahre später, das schicksalshafte Hochzeitsgeschenk meiner Schulkollegen vorwegnahm. Tatsächlich warteten meine etwas ignoranten Kameraden, die im Religionsgeschichteunterricht wohl nicht immer aufgepasst hatten, an meinem Hochzeitsfest mit einem lebendigen Ferkel auf, das eine Ostereischleife um den Bauch trug. Mein frisch Angetrauter war, wie gesagt, Moslem und trug es damals mit Fassung, obwohl dies ein wirklich krasser Kulturschock war für ihn. Das quietschlebendige Schweinchen wurden wir damals am gleichen Tag noch bei einem der vielen Bauern los, die um den Sempachersee herum Schweinezucht betrieben. Stolze hundertfünfzig Franken bekamen wir dafür, und das war für uns bescheidene Studenten eine unvergesslich hohe Summe. Mit dem geschenkten Glück aber handelten wir natürlich nicht: Wir trugen ihm lebenslang Sorge!

Erdbeerzeit in Berlin

Jede Stadt hat ihre historisch bedeutenden Gebäude, Denkmäler und Plätze. In Berlin ist das nicht anders, aber natürlich gibt es dort für Touristen besonders viel zu bewundern und auch sehr viel über die Geschichte zu lernen. Das Brandenburger Tor, das Reichstagsgebäude mit der originellen Glaskuppel, das DDR-Museum, der Checkpoint Charlie, das Mauermuseum, das Pergamonmuseum, die Friedrichstrasse, der Kurfürstendamm, das Holocaust-Mahnmal, der Alexanderplatz, das Wachsfigurenkabinett, das Haus der Kulturen, die Oranienstrasse, der Fernsehturm, der Berliner Dom, die Siegessäule, das ultramoderne Sony-Center, das KaDeWe, das Computerspielmuseum und vieles mehr.

Um Berlin richtig kennen zu lernen, reichen fünf Ferientage trotz traumhaft perfekter ÖV-Verbindungen für einen Touristen bestimmt nicht, schon gar nicht, wenn er oder sie die ganze Familie dabei hat und Kompromisse geschlossen werden müssen über all die möglichen Sehenswürdigkeiten, die man zusammen besuchen möchte. Wir waren vor wenigen Jahren als Familie knapp eine Woche in dieser Stadt, schworen uns aber, nur zu zweit, als Paar, bestimmt ein weiteres Mal wiederzukommen. Wenn immer ich aber an Berlin zurückdenke, kommen mir als Erstes nicht die historisch bedeutenden Gebäude, Plätze und Museen in den Sinn, sondern – die allgegenwärtigen Erdbeerhäuschen und die frei herumhoppelnden Kaninchen.

Die leuchtend roten Erdbeerhäuschen sehe ich jetzt noch plastisch vor mir, obwohl ich sie nicht einmal fotografiert habe: Es waren kleine, aber unübersehbare

Stände in Form einer Riesenerdbeere, die an vielen Strassenecken, auf Plätzen und auch im Innern von grösseren U-Bahn-Stationen ihren fixen Standort hatten. Und wir kamen ständig wieder an ihnen vorbei – an den Zwei-Kilogramm-Körben voller Erdbeeren, die von morgens bis abends feilgehalten wurden und die ich ziemlich neidisch auf den Knien der anderen sitzenden U-Bahn-Benutzer sah! Fünf Tage lang ging ich lechzend und mit Bedauern an den Ständen mit den freundlich lächelnden Verkaufsdamen vorbei, weil ich so einen Riesenkorb voller Erdbeeren weder mit auf die Sight-Seeing-Tour quer durch die Stadt noch in die verschiedenen Museen mitnehmen konnte, zu denen wir zu viert aufgebrochen waren. Auch abends, beim Zurückkehren ins Hotel, fehlte es natürlich dann an Zeit, Energie und dem richtigen Equipment fürs Konfitürekochen. Ich kaufte mir also nie einen solchen Korb und konnte nie damit in der U-Bahn sitzen wie die anderen, sie glücklich auf den Knien halten und mir eine Erdbeere um die andere in den Mund stecken. Aber gerade weil ich diese reifen Berliner Erdbeeren nicht kaufen konnte, werden sie mir noch bis ins hohe Alter in Erinnerung bleiben, denn das, was man im Leben erreicht, vergisst man wahrscheinlich mit der Zeit, aber etwas, wonach man sich lange gesehnt hat, hinterlässt einen unauslöschlichen Eindruck. Etwas ganz anderes als knallrote reife Erdbeeren, nämlich weisse Kaninchen, sahen wir zusammen in der Nähe vom Haus der Kulturen, nicht weit von der Spree, während wir auf die Abfahrt eines Schiffs warteten, dass uns Berlin vom Wasser aus zeigen sollte. Die niedlichen Langohren hoppelten zu meinem Entzücken auf den Wiesen und an den Waldrändern beim Tierpark völlig frei und ungestört herum, und das fand ich einfach herrlich, diese Kaninchenkolonien praktisch mitten in der

Stadt Berlin, die in unserem Reiseführer gar nicht erwähnt waren, wie die Erdbeerhäuschen übrigens auch nicht. Etwas anderes Erstaunliches aber stand sehr wohl im Reiseführer: In Berlin gibt es ein Schwulenmuseum, was wahrscheinlich so einzigartig ist wie die Weite und Offenheit, die man schon auf den wahnsinnig breiten Gehsteigen und Strassen geradezu einatmet. Ich hätte dieses Museum vielleicht sogar besucht, wenn wir mehr Zeit zur Verfügung gehabt hätten und meine Familie auch daran interessiert gewesen wäre, wobei mir tatsächlich nicht ganz klar war, was in einem solchen Museum überhaupt ausgestellt werden konnte. Bestimmt würde die Entwicklung der Toleranz und Akzeptanz von Homosexualität dank geschichtlichen Meilensteinen anhand von Fotos, Filmen und Literatur dargestellt, malte ich mir aus. Als ich aber auf der Webseite des Museums nachschaute, wurde mir bewusst, dass es in diesem Museum und wahrscheinlich ganz in der Tradition von Berliner Offenheit und Freiheit nicht nur um historische Coming-Outs geht, sondern auch sehr direkt, explizit und konkret um Sex. Diese Explizitheit wäre mir wohl doch etwas zu viel gewesen, zumal in Begleitung meiner beiden fast erwachsenen Söhne. Vielleicht ist es doch eher ein Museum, das ich mir eines Tages einmal allein angucken sollte, wobei ich dann völlig inkognito so rot werden dürfte wie die Erdbeeren in den Berliner Erdbeerhäuschen.

Saloppe Sprache

Wir hielten etwas auf anständigen Sprachgebrauch zuhause. Klar, ein deutsches *Scheisse* oder ein französisches *Merde* konnte uns auch einmal entwischen, wenn etwas schiefging oder wir sehr wütend waren, aber wir warfen einander im Prinzip keine Schimpfworte an den Kopf. Und wenn wir wirklich doch einmal Lust hatten, einander welche an den Kopf zu werfen, sprachen wir sie nur im Geiste aus und schluckten sie dann, wohlwissend, dass das Nichtausgesprochene zwar zum Dampfablassen half, aber sonst wenigstens keinen Schaden anrichtete. Wir wussten ja, dass wir die respektlosen Worte, die uns zuvorderst auf der Zunge lagen, bereuen würden, sobald sich unser Mütchen wieder gekühlt hätte. Notfalls half auch mal ein Blumentopf oder sonstiges Geschirr, das verflucht und auf den Boden geknallt werden konnte. Neues Geschirr liess sich problemlos kaufen, es musste ja kein Meissner Porzellan sein, es reichten auch die Secondhand-Teller von der Heilsarmee.

Die Kommunikation zwischen uns blieb also möglichst respektvoll und trug eindeutig zur Langlebigkeit unserer Beziehung bei. Wir hielten es auch mit den Kindern so und tolerierten es nicht, wenn sie unflätig sprachen. Wir tadelten sie ernsthaft, falls es doch einmal vorkam, und die Kinder mässigten sich immerhin zuhause. Illusionen über den Umgangston, den sie ausser Haus mit ihren Kollegen pflegten, machten wir uns als Eltern keine, aber das ging uns nichts mehr an. Wir steckten ihnen keine Wanze in die Jackentasche, wenn sie mit ihren Freunden unterwegs waren.

Als Erwachsene waren wir vor allem auf das französische Wort *putain,* also *Hure,* allergisch, das manche Franzosen als Auftakt oder Bekräftigung jedes Satzes benutzen. Wir verwendeten es beide überhaupt nie, es gehörte einfach nicht zu unserem aktiven Wortschatz. Und obwohl wir beide seit Jahrzehnten nicht in unserer jeweiligen Muttersprache miteinander kommunizierten, waren wir natürlich bestens mit den verschiedenen Sprachregistern der Fremdsprache vertraut. Persönlich widerstrebte mir dieses Wort auch aufgrund meiner feministischen Sichtweise. Das verbale und reale Herabwürdigen der Prostituierten, die einem nicht zu unterschätzenden Anteil der Männergesellschaft zu jeder Tages- und Nachtzeit einen grossen Gefallen taten, widerstrebte mir total. Das Wort *putain* oder *Hure* war einfach nicht banal oder harmlos. Und es war absolut tabu. Wenn erwachsene Freunde es benutzten, sagten wir nichts, registrierten es aber negativ, ohne den anderen deswegen die Freundschaft zu kündigen und vor allem ohne diesen in unseren Augen mehr als saloppen Umgangston zu imitieren. Dass wir auf einen respektvollen sprachlichen Umgang miteinander achteten, schlug sich offenbar auch in meinen Texten nieder. Ein Journalist schrieb einmal in einer Rezension zu einem meiner Romane, die Protagonisten würden sich unterhalten wie im achtzehnten Jahrhundert. Über diese Kritik war ich als Autorin perplex, denn niemand hatte sie bisher geäussert und meine Dialoge kamen mir selber nicht gespreizt oder gekünstelt vor. Ich sprach tatsächlich auch im Alltag so, das stellte ich mir jedenfalls vor. Auch wenn ich über meine Kindheit nachdachte, konnte ich mich zwar erinnern, dass ich mit meinen Brüdern manchmal verbal sehr unflätig gestritten hatte, dass meine Eltern, solange sie verheiratet waren, einander aber vor uns verbal nie respektlos begegnet waren. Meine Mutter redete auch später, nach der Scheidung, nie unflätig. Über ihren Ex-Mann erst recht nicht. Auch mein Vater tat das nie.

Als meine eigenen Kinder schon fast erwachsen waren, wurde ich vom besten Freund des jüngeren Sohnes um private Deutschnachhilfelektionen gebeten. Ich improvisierte deshalb ein Jahr lang Gratisdeutschunterricht, unter der Bedingung, dass mein eigener Sohn ebenfalls am Kurs teilnahm. Da ich mit ihm zuhause Schweizerdeutsch und leider je länger, je öfter – oftmals ohne es zu merken – auch Französisch sprach, konnte die Hochdeutschlektion auch für ihn nur zum Vorteil sein. Für die Privatstunde stützte ich mich auf ein Programm aus dem Internet, das von der französischen Regierung für alle Fächer und alle Stufen gratis zur Verfügung gestellt wurde. Manchmal nahm ich auch irgendeinen Text aus dem Internet als Lektüre und Diskussionsbasis. In einem von diesen kam der Ausdruck *Klamotten* vor und ich erklärte, dies sei ein salopper Ausdruck für Kleider, und wollte gleich zum nächsten Satz übergehen. Mein Sohn aber schaute mich völlig entgeistert an und fragte auf Französisch, was ich eben gesagt hätte. Ich war mit meinen Gedanken bereits beim nächsten Satz und konnte mich nur knapp daran erinnern, was ich eben gesagt hatte. «Von salopper Sprache redete ich», sagte ich schliesslich und verstand gar nicht, warum mein Sohn und sein Freund so breit grinsten. *Salopp*, du meine Güte, jetzt dämmerte es mir endlich! Das völlig banale Adjektiv *salopp*, das im Duden sogar regelmässig als Abkürzung bei den Sprachregistererklärungen stand, stammte natürlich vom französischen Schimpfwort *salope*, was in der Bedeutung von *Schlampe* der *putain*, der *Hure*, sehr nahekam. Ich suchte sofort online im DWDS-Wörterbuch und stellte fest, dass das deutsche Adjektiv eine Entlehnung vom französischen *salope* war, welches *unsauber, schmutzig, nachlässig* bedeutete, und dass sich dieses seinerseits aus dem substantivischen *salope*, also von einer *sich vernachlässigenden, unanständigen Frau* entwickelt hat. Ich bekam einen Lachanfall, als ich realisierte, dass ich nach fast dreissig Jahren in frankophoner Region nie daran gedacht hatte, dass das deutsche Adjektiv etymologisch – und wie logisch! – gerade von diesem französischen Substantiv abgeleitet wurde. Dank meinem Jüngsten und seinem Kollegen, die beide wirklich die dicksten Freunde waren, wurde ich mir endlich dieser interlingualen falschen Freunde bewusst!

Links und rechts

Ich bin zwar ein Morgenmensch, aber auch mir kann es einmal passieren, dass ich mit dem linken Fuss aufstehe. Es heisst dann allerdings nicht, dass ich den ganzen Tag nicht zum Rechten schauen könnte! Das meiste verrichte ich sogar mit meiner rechten Hand, da ich Rechtshänderin bin, so schreibe und klicke ich zum Beispiel mit der rechten Hand, nur beim Essen greife ich mit der Linken zum Messer und mit der Rechten zur Gabel. Warum das so ist, weiss ich nicht. Ich habe mir nie Gedanken darüber gemacht, aber tatsächlich ist es mir schon aufgefallen, dass ich in meiner Familie wirklich in mehrfacher Hinsicht den Status einer Minderheit habe: Ich bin nicht nur das einzige weibliche Wesen im Haus, da neben meinem Mann noch unsere gemeinsamen zwei Söhne sowie unser Kater unter dem gleichen Dach wohnen, sondern ich bin auch noch die einzige Rechtshänderin. Die drei anderen schreiben alle mit der linken Hand und ich glaube sogar, unser Kater kratzt stets mit der linken Pfote an der Schlafzimmertür, um uns frühmorgens aus den Federn zu holen. Und auch die Hennen, die immerhin weiblich sind, aber die stets draussen im Stall übernachten, scharren zuerst mit dem linken Fuss nach den Käfern am Boden, wie ich schon mehrmals beobachten konnte. Dabei fällt mir ein, wenigstens in der Küche habe ich ein paar Verbündete: Für mein hausgemachtes Joghurt besorge ich mir nämlich jeweils Fermente mit Bakterien, die für rechtsdrehende Milchsäuren sorgen, die sogar meinen Linkshändern bestens bekommen. Es gibt aber noch einen weiteren Bereich, wo ich die Minderheit stelle: bei der Blutgruppe. Alle ausser mir sind

Rhesus-positiv, nur ich bin als Einzige Rhesus-negativ. Das alles aber kann mein Blut nicht in Wallung bringen, denn dort, wo's wirklich zählt, sind wir alle gleich: Wir haben das Herz auf dem rechten Fleck.

Ist hier noch frei?

Das Literaturfestival in den Bergen war gut besucht und das Programm ausgesprochen mannigfaltig. Zwei Tage lang spazierten die Zuhörer von einem Raum zum anderen, jeweils irgendwo im Dorf zerstreut, bald in einem Hotel, bald in einem Thermalbadbecken, bald in einem alten Bahnhof.

Zwischendurch gab's auch einen literarischen Spaziergang über grüne Weiden, an Holzchalets vorüber, ja gar eine waghalsig steile Leiter hoch durch eine Schlucht. Ab und an setzte man sich ins Gras und lauschte dem jungen, sehr sympathischen Autor, der da gekonnt aus seinem Werke las, ein Werk, so frisch und spritzig wie er selbst, mit einem Humor, der sie sofort ansprach.

Der Autor war schon recht bekannt und sie fand, er verdiene es, sympathisch wie er wirkte und talentiert wie er schrieb und las.

Sein Buch würde sie sich garantiert kaufen, unten im Dorf, an der zentralen Stelle, wo alle Werke feilgehalten wurden. Mit einer gewissen Andacht würde sie an den Büchertischen vorbeilaufen, hie und da ein noch ganz neues Exemplar zur Hand nehmen, den typischen Geruch der Druckfarbe riechen, sachte darin blättern, es wieder zurück auf die Beige legen und sich ab und an verschämt vorstellen, es wären Exemplare ihrer eigenen Werke.

Am andern Tag hatte sie mit einer Freundin, die unten im Tal wohnte, auf einer Restaurant-Terrasse in der Nähe des Dorfplatzes abgemacht. Sie war viel zu früh da, störte sich aber nicht daran, setzte sich an einen freien Tisch und beobachtete zuerst eine Zeitlang die vier Personen am Tisch gegenüber, die angeregt diskutierten. Sie wusste, dass es das Organisationsteam des Festivals war. Am Tag zuvor hatte sie sich am Bücher- und Informationstisch nämlich durchgefragt, welches denn die verantwortlichen Personen waren. Sie hatte einen Plan gehabt und diesen dann auch ziemlich unverfroren ausgeführt. Sie hatte sich der Organisatorin gegenüber als Autorin geoutet, noch völlig unbekannt zwar, aber immerhin mit einem in ihren eigenen Augen gewissen Potential und einem Erstlingsroman. Die Organisatorin hatte den Roman entgegengenommen, wohl etwas peinlich berührt, aber höflich, denn üblicherweise verhandelte sie direkt mit Verlagen, die ihre umfangreichen und imposanten Pressedossiers anboten, nicht mit dahergelaufenen Autoren. Das natürlich sagte sie nicht. Eine derartige Schroffheit verbot die gängige Höflichkeit. Es waren allein die Gedanken der unbekannten Schreiberin.

Diese seufzte an ihrem Tisch, wandte den Blick geniert von dem Organisationsteam ab, das sich überhaupt nicht für die anderen Terrassenbesucher interessierte, und zog eine Zeitung aus der Tasche, obwohl sie eigentlich lieber in dem Buch des Autors weitergelesen hätte, dessen Lesung ihr so gut gefallen hatte. Sie schlug die Zeitung auf.

«Ist der Stuhl noch frei?»

Sie blickt auf. Wer hat denn gefragt? Der junge, sympathische Mann? Ach, wie nett und ach, was für eine unerhörte Fügung des Schicksals, der junge, sympathische Autor, in dessen Publikumsgruppe sie gestern mitspaziert ist, kommt an ihren Tisch und fragt, ob noch ein Platz frei ist!

Sie strahlt ihn an, setzt ihr warmherzigstes Lächeln auf, obwohl sie nun plötzlich Herzklopfen hat. Das ist ihr ein schöner Zufall! Gerade der, der sie gestern mit seiner humoristischen Geschichte zum Lachen gebracht hat, vor allem mit der Stelle, wo es um einen Paradiesapfel en miniature ging, genau der Autor will sich zu ihr an den Tisch setzen? Wie freut sie sich auf ein sicher nettes Geplauder, ein Gespräch mit dem Autor, von Du zu Du sozusagen, das heisst ja von Sie zu Sie, natürlich. Ein Gespräch über sein Schreiben, wofür sie sich sehr interessiert, ja, und vielleicht auch ein ganz kleines bisschen über ihr eigenes Schreiben, wofür sich noch kaum jemand interessiert. Noch kaum, das kann ja noch werden. Das Potential, Sie wissen schon, das spüren Sie doch auch, dass Sie es haben, nicht wahr? Wobei, nein, entschuldigen Sie bitte, Sie haben Ihr Potential ja schon längst ausgeschöpft, aber bestimmt nicht erschöpft. Sie lächelt. Wissen Sie, gestern, da war ich auf Ihrem literarischen Spaziergang mit dabei, natürlich, Sie erinnern sich nicht an mich, und ich finde es so toll, wie Sie aus Ihrem neuesten Roman vorgelesen haben.

«Ja, natürlich ist der Platz noch frei», sagt sie und hofft, die liebe Freundin, mit der sie abgemacht hat, finde ihre Autoschlüssel nicht und habe mindestens eine halbe Stunde Verspätung, besser noch, einen geplatzten Reifen.

«Danke», sagt der Autor, lächelt und zieht den Stuhl an den Tisch des Organisationsteams.

Die Autorin

Anja Siouda kam 1968 in Zürich zur Welt, wuchs in Luzern auf, heiratete neunzehn Jahre später in Sursee, zog darauf mit ihrem Mann in die Westschweiz und schloss 1995 an der Universität Genf ihr Studium der Arabistik, Germanistik und allgemeinen Linguistik ab. 1995 und 1997 gebar sie ihre zwei Söhne. 2007 begann sie ein Zweitstudium an der ETI der Universität Genf, das sie 2010 mit einem Master in Übersetzungswissenschaft abschloss. 2010 und 2013 erschienen die zwei ersten Teile ihrer spannenden interkulturellen, sozialkritischen Romantrilogie: *Steine auf dem Weg zum Pass* und *Ein arabischer Sommer*. 2016 wurde *Tuttifrutti – Humoristische Erzählungen für jeden Geschmack* publiziert. 2017 erschien der Roman *Erdbeerzeit*. 2018 kam *Berührte Blüten*, der dritte Teil ihrer Trilogie, auf den Markt. Auch die beiden ersten Teile erschienen gleichzeitig in einer Neuauflage. 2019 erscheint *Tuttifrutti – Humoristische Erzählungen für jeden Geschmack* in der vorliegenden Neuauflage.

Seit 2001 lebt die Autorin mit ihrer Familie in Frankreich, reist aber seit Beginn ihrer schriftstellerischen Tätigkeit regelmässig für Lesungen in die Deutschschweiz.

Erdbeerzeit, BoD Norderstedt (2017).
Auch als E-Book. ISBN: 978-3-744889-62-9

Anja Siouda
Erdbeerzeit
Roman

September 2002. Angela, eine junge Frau Ende Zwanzig, führt eine unglückliche Ehe mit Benno, seinen zwei Töchtern aus erster Ehe und ihren gemeinsamen Zwillingen. Die ständigen Demütigungen, denen sie durch Benno ausgesetzt ist, und ein nie verarbeitetes Trauma aus ihrer Jugendzeit, bringen sie zur völligen Verzweiflung. Vor allem wegen ihres grossen Übergewichts hat sie kein Selbstwertgefühl und tut sich seit Jahren schwer mit ihrem Körper, bis sie sich eines Tages dazu entschliesst, ihr Leben in die Hände zu nehmen und sich in einem Altersheim für eine Stelle zu bewerben.

„Man sieht nur mit dem Herzen gut.
Das Wesentliche ist für die Augen unsichtbar."
Antoine de Saint-Exupéry, Der kleine Prinz

Anja Siouda, Schriftstellerin und diplomierte Übersetzerin, wünscht sich mehr gegenseitiges Verständnis unter den Menschen. Im vorliegenden Liebesroman schreibt sie über die Diskriminierung von Übergewichtigen, die Fixierung auf Äusserlichkeiten in unserer Gesellschaft und über eine Frau, die keine neue Diät, sondern sich selbst findet!

Steine auf dem Weg zum Pass, BoD Norderstedt (2018).
Auch als E-Book. ISBN: 978-3-752888-67-6

Haben Sie sich schon einmal in eine Person verliebt, die einer anderen Religion und Kultur angehört? Haben Sie sich mit der fremden Religion und Kultur Ihres Partners/Ihrer Partnerin auseinandergesetzt? Spielten Sie vielleicht zwecks Heirat sogar mit dem Gedanken einer Konversion? Wenn Ihnen diese Fragen auch schon durch den Kopf gegangen sind, wird dieser Roman Sie fesseln. In dieser spannenden Liebesgeschichte nämlich treffen zwei Welten aufeinander, diejenige der marokkanischen Studentin Halima, die in der Hoffnung, als Haushalthilfe einen Job in der Schweiz zu finden, ihr Heimatland Marokko und ihre ganze Familie verlässt, und die Welt von Martin und seinen Brüdern, die in aller Abgeschiedenheit Mitte der 80er Jahre auf einer kleinen Alp beim Brünigpass mehr schlecht als recht ihr Dasein fristen.

Dieses Buch erschien insgesamt in drei Auflagen.
Ersterscheinung 2010.

Ein arabischer Sommer, BoD Norderstedt (2018).
Auch als E-Book. ISBN: 978-3-752809-74-9

Im Roman *Steine auf dem Weg zum Pass* fand die Übersetzerin Elena Bruderer im Frühling 1994 das arabische Tagebuch der Marokkanerin Halima. Seither hält sie dieses geheim, um Halimas Ehre in den Augen ihrer marokkanischen Familie auch über ihren Tod hinaus zu bewahren, und übersetzt seit Jahrzehnten gleich nach der Schneeschmelze auf der abgeschiedenen Alp auf dem Brünig, während sie die langen Wintermonate im Tal in ihrer Heimatstadt Thun verbringt. Im Sommer 2012 aber taucht plötzlich ein mysteriöser Fremder bei ihr auf und reisst sie aus ihrem Idyll. Mit seinem Geheimnis und seinem erschütternden Schicksal wächst er ihr ans Herz und wird ihr zum vertrauten Freund, der sie dazu bringt, sich ihrer Vergangenheit zu stellen. In diesem spannenden Roman, der die Leserinnen und Leser mit seiner zeitlichen und räumlichen Doppelperspektive in Atem hält, geht es um Migration und Menschlichkeit, um verlorene Liebe, überwältigende Leidenschaft und Hoffnung auf eine positive Zukunft in Nordafrika – um einen arabischen Sommer.

Dieses Buch erschien insgesamt in zwei Auflagen.
Ersterscheinung 2013.

Berührte Blüten, BoD Norderstedt (2018).
Auch als E-Book. ISBN: 978-3-752809-75-6

Am Ende des Romans *Ein arabischer Sommer* fliegen die Übersetzerin Elena und der Sprachlehrer und Poet Qais frisch verheiratet und bis über beide Ohren verliebt von Zürich nach Tunis, wo sie zusammen ihren gemeinsamen Traum, eine Sprachschule zu gründen, verwirklichen wollen. Was aber erwartet die beiden im Januar 2013, zwei Jahre nach der Jasminrevolution in Tunis? Wie kommt Elena mit der Familie von Qais, dem Leben in der tunesischen Hauptstadt und der muslimischen Kultur zurecht? Kann sie ihre geliebte Alp auf dem Brünig und ihr Robinsonleben einfach so vergessen? Schaffen die beiden es, ihr Projekt zu verwirklichen und dabei ihre leidenschaftliche Liebe auch im Alltag weiterblühen zu lassen? Und wie geht es dem schwulen Algerier Sabri, der als abgewiesener Asylsuchender nun in Tunis statt in der Schweiz ein Papierloser ist? Findet er in Tunis sein Glück? Anja Siouda, Schriftstellerin und diplomierte Übersetzerin, schreibt für gegenseitiges Verständnis unter den Menschen, setzt in diesem Roman aber den Akzent auf Selbstbestimmung und Emanzipation.

Tuttifrutti – Humoristische Erzählungen für jeden Geschmack, BoD Norderstedt (2019). Auch als E-Book. ISBN: 978-3-749482-45-0

Bis anhin packte und berührte Anja Siouda ihre Leserschaft mit ihren dramatischen interkulturellen Romanen. Geistreich, phantasievoll und mit viel Wortwitz kommen nun ihre 53 humoristischen Erzählungen daher und geben originelle Antworten auf Fragen wie: Wo gibt es Apfelwähenzärtlichkeit? Was sind Schlafzimmerdesserts und Wonneproppen? Wie war das mit dem Scheidungshuhn und mit dem Erklimmen der Schwarzwäldertorte? Wo begegnen uns Friedenstauben und Sündenböcke? Was erzählt ein Zyklop und was denkt der Staubsauger? Wie schmecken Froschaugen? Was steht im Erotik-Ordner? Warum rügt Gott Gabriel? Wo ist das Hühnerparadies? Gibt es Zahnteufelchen und gastfreundliche Zahnärzte? Und wo spielt Gott Dame?

Dieses Buch erschien insgesamt in zwei Auflagen. Ersterscheinung 2016.

Pressestimmen

«Um Alltagsfreuden und Alltagstücken geht es der Autorin, um die Natur und die Liebe und das lustvoll romantische Familienleben. Die Episoden sind warmherzig, voller Humor, manchmal aus der Perspektive von Dingen erzählt. Immer wieder lockt sie die Leserin, den Leser mit den Titeln auf eine falsche Spur – und immer überraschen die Pointen. Anja Siouda erzählt leichtfüssig, detailreich, die Vielfalt der Themen überrascht, und bisweilen schlägt sie auch kritische Töne an.»

Dieter Langhart, Thurgauer Zeitung / St. Galler Tagblatt, 3.12.2016

«Die Autorin [...] nimmt Wörter immer wieder beim Wort; zeigt kulturelle Unterschiede auf – und findet dahinter dann doch immer wieder das Verbindende, Menschliche.»

Lovey Wymann, Die Botschaft, 12.12.2016

Zahlreiche Leserstimmen zu Anja Sioudas humoristischen Erzählungen und interkulturellen Romanen können auf ihrer Webseite www.anjasiouda.com nachgelesen werden.